후타가미 케이
Futagami Kei

ill. 휴가 아즈리
Hyuga Azuri

선배,
자택경비원은필요
없으신가요?

Senpai,
jitakukeibiin no iriyo
wa ikaga desuka?

키노미야 마도카

Kinomiya Madoka

불안은 내 안에서 사라지지 않았다.
그 불안은 옳았고,
최악의 형태로 마주하게 되었다.

후미노 모미지
Fumino Momiji

"오늘까지 연락이 한 번도 없었어.
그건 잘 해나가고 있다는 뜻이지."

『올해 크리스마스는
기대되네요.』

레 나

Contents

선배, 자택 경비원은 필요 없으신가요?

2

후타가미 케이 지음 / 휴가 아즈리 일러스트 / 이소정 옮김

소미미디어

컬러, 본문 일러스트 | **휴가 아즈리**

제1화 부디 이런 저와──

40명의 영혼을 먹어 치운 호러 하우스.

철거를 포기하고 방치된 이후 화려한 경력과 빛나는 전력이라는 다채로운 스코어를 늘릴 기회는 사라지고 말았다. 그 대신 오늘날까지 탄탄하게 쌓아온 찬연한 내력이 남았다.

담장을 향해 오줌을 싼 꼬맹이는 원인 모를 열병에 사흘 밤낮을 시달렸다.

장난삼아 침입한 일행이 악몽에 시달리다 미쳤다.

이 가옥에 가까워질수록 그 집에는 불화가 찾아오기 쉬워진다, 등등.

심령 스팟의 후일담. 그 특유의 흥미를 자아내는 이야기가 꼬리에 꼬리를 물고 마치 야마타노오로치*의 목처럼 자라났다. ……처음 들었을 때는 그렇게 생각했지만, 그것이 마냥 헛소문이 아니라는 사실은 금세 알 수 있었다.

누가 봐도 인근 주민의 트러블이 과하게 많았다. 부부 싸움이나 부모·자식 싸움, 치정 싸움 등 한결같은 다툼의 연속. 실내에 있어도 알 수 있을 정도로 뒤숭숭한 사건·사고가 정기적으로 벌어지고 있었다. 심지어 이사한 지 일

---

*일본 전설에 등장하는 여덟 개의 머리에 여덟 개의 꼬리를 가진 뱀.

주일 만에 인근에서 칼부림 사태가 벌어지며 낮부터 난리
가 났을 정도다.

그나마 이 정도라면 생활 수준이 낮은 하층 지역, 치안
이 조금 나쁘긴 하지만 수습할 수 있는 범위 내일 것이다.
그 찬연한 내력, 호러 하우스가 떨치는 맹위가 진짜라는
사실은 이사 3개월 만에 깨닫게 되었다.

어느 날 우리 집에 손님이 찾아왔다. 그것은 가족이나
친척 종류도 아니고 오래 알고 지낸 친구도 아니었다. 그
렇다고 일 관계자도 아니다. 상대방에 대해서는 얼굴과 이
름 정도만 알고 있었다.

상대는 이른바 동영상 투고 사이트에서 직접 돈을 버는
방송인. 영상 하나로 아르바이트 정도의 수입을 벌 수 있
게 된 시점에서 마음을 먹고 일을 그만둔 뒤 동영상 제작
에 전념했다. 그러나 거물이 되는 수준에는 이르지 못하고
최근 1년간 조회수는 연신 내리막길. 순조롭게 사양길로
돌진한 상태였다.

다시 말해 필사적이었다. 이름만 팔 수 있다면 그걸로
상관없다는 듯 요즘은 남에게 폐 끼치는 것을 개의치 않고
온갖 트러블을 생산해내고 있다.

그런 민폐 영상 방송인이 호러 하우스의 소문을 듣고 찾
아온 것이다.

무례하게 안으로 들여보내 달라는 민폐 인간을 들여보

낼 리가 없다.

남에게 폐를 끼쳐 돈을 버는 사실상 범죄자. 그런 녀석과 인연을 맺을 만큼 내 머리는 미치지 않았다.

문을 닫은 뒤에도 녀석은 미련이 남은 듯 부지 내에서 불법 침입을 계속하고 있었다. 이 손이 110번을 누르는 데 망설임 따위는 없었다.

경찰차 사이렌이 다가오자 그 민폐 인간은 들킬세라 후다닥 도망치기 시작했다. 그리고 15분 뒤, 구급차 사이렌 소리가 인근에 울려 퍼진 것이었다.

이후 민폐 채널에 영상이 늘어나는 일은 없었고 SNS도 전혀 반응하지 않았다.

그런 찬연한 내력을 날마다 쌓아가고 있는, 관련된 것만으로 비극을 초래한다는 호러 하우스. 귀가한 곳 거실에 나타난 것은 악령도, 괴물도, 미치광이도, 강도도 아니었다.

"어서 오세요."

우리 집에서 고용한 자택 경비원이었다.

일섬십계 레나팔트. 홋카이도에서 다이내믹한 가출을 감행한 거유 미소녀 여고생.

처음 만났을 때 작은 동물처럼 겁에 질린 채 시종일관 말을 더듬던 모습은 이제 없었다.

똑바로 이쪽의 얼굴을 바라보며 사랑스러운 미소를 짓고,

혀도 매끄럽게 움직였다.

이것은 인간적 성장이라고 할 수 있을까. 아니면 오늘날까지 쌓아온 나에 대한 신용과 신뢰가 가져다준, 이 지붕 아래에서만 발휘할 수 있는 능력일까.

어느 쪽인지는 알 수 없지만, 그 병적일 정도의 의사소통 장애가 이 수준까지 이르렀으니 충분히 큰 성과라고 할 수 있었다.

"그래, 다녀왔어."

인사를 하고는 그녀가 내민 손에 정장과 재킷, 가방을 건넸다. 그대로 곧장 욕실로. 술에 취한 상태로 욕조에 몸을 담그는 것은 위험하니 샤워로 가볍게 땀을 씻어냈다.

탈의실에는 당연하다는 듯이 타올팬파*가 준비되어 있다. 실내복으로 갈아입고 나면 내 방 책상에 물병과 컵이 놓여 있다. 숙취에 대비한 꿀레몬수다. 그것을 꿀꺽꿀꺽 마시면서 오늘 하루도 열심히 했다, 하며 한숨을 돌린다.

여기까지가 이제는 완전히 루틴이 되어버린 금요일의 귀가 후 행동.

우리 집 경비원은 집주인이 해야 할 일과 필요한 모든 것을 준비해주고 있었다. 그것에 훌륭하게 적응한 나머지 지나치게 쾌적한 이 생활로 인해 더는 레나 없이는 살 수 없는 몸이 되고 말았다.

———
*타올, 팬티, 파자마의 줄임말.

그야말로 레나는 무능남 제조기였다.

무능남이 한숨을 돌린 시점에 스마트폰 알림음이 울렸다.

『이번 주도 수고하셨어요.』

마음을 읽은 듯 적절한 순간에 날아온 메시지.

상대는 일섬십계 레나팔트. 거리는 1m 내외. 즉, 바로 뒤에 있다. 접이식 책상 위에 노트북을 깔고, 같은 방에서 고용주를 위로해온 것이다.

바로 옆에 있으니까 말을 걸면 될 텐데, 라는 생각은 하지 않는다.

『또 이삿짐 트럭이 멈췄어요.』

"최근까지 계속 쿵쾅쿵쾅 난리가 아니었으니까."

『한밤중에 경찰차까지 오고 시끄러웠는데, 이제 조용해지겠네요.』

보다시피 이것이 가장 레나답게, 있는 그대로의 자신을 드러낼 방법이기 때문이다.

얼굴을 맞대고 목소리를 나눌 때 레나는 나이에 걸맞은 얌전한 소녀가 된다. 그 입에서는 수십 개의 말 중에서 겨우 한두 마디가 나오는 정도. 그 본심은 심층에 억압되어 있다.

그러나 화면 너머로 그 손이 움직이는 순간 일섬십계 레나팔트로서 기탄없는 속내가 머신건처럼 거침없이 해방된다.

레나를 고용한 지 겨우 5개월. 하지만 벌써 5개월이나 지났다.

완전히 호러 하우스의 본연의 자세에 레나는 익숙해져 있었다. 잦은 인근 주민들의 이사도 사소한 일상의 일부로 받아들이고 있다.

그야말로 이 지붕 아래만이 유일한 태풍의 눈인 것처럼 완전히 강 건너 불구경이었다. 오히려 새로운 공적이 하나 쌓였다며 기뻐하기까지 한다.

설령 그것이 타인의 불행이라고 할지라도.

『맞다, 좀 들어보세요. 선배 없이 랜덤 스쿼드로 하는 것도 질려서 솔로 스쿼드로 하다가 재미있는 놀이 방법을 생각해냈어요.』

"재미있는 놀이 방법?"

레나의 말더듬증 개선을 위해 일상에 도입한 배틀로얄 게임 이야기라는 것은 금세 알 수 있었다. 아무래도 내가 없는 날에도 레나는 잘 놀고 있는 듯했다.

연달아 오늘 하루의 일이 폭주 타이핑을 통해 전해졌다.

『첫 번째 하강 지점으로 고르지 않을 것 같은 곳으로 내려가서 일단 장비를 뒤지고 나면 오두막에 틀어박힌다.』

『차 엔진 소리가 들려오기 전까지는 한가하기 때문에 그동안은 스마트폰으로 유튜브 타임.』

『만반의 준비를 하고 적들이 다가오면 리얼에서도 숨죽

인 채 앉아서 기다린다. 흩어져서 주변 장비를 뒤지는 모습에 온 신경 집중. 마침내 적 한 명이 오두막에 들어온 시점에 안녕? 죽어, 하고 쏴죽이는 거죠.』

『그리고 보복하려고 모여든 무리에게 '잘 있어라, 바보들아~!' 하고 도망치는 게 진짜 기분이 끝내주거든요.』

『저기 있지, 승부를 포기한 녀석의 장난질로 동료가 줄어드는 건 어떤 기분이야? 하면서 막 사행심이 들끓는다니까요.』

『아, 그리고 한 번은 전개가 진짜 레전드였어요. 근처 덤불에서 가까워지지도, 멀어지지도 않은 채로 엎드려서 새빨간 얼굴로 찾고 있는 놈들을 한 명씩 쏴죽이며 킬!』

『최종적으로 혼자 4명을 다 죽였는데 그때는 심장이 미친 듯이 뛰었어요. 그만큼 마지막 일격이 끝내줬거든요.』

『그리고 오픈 마이크에서 빗발치는 엄청난 고성. 무슨 말을 하는지 전혀 모르겠다고. 여기는 재팬이다! 재팬말로 말하란 말이야!』

『크하! 남의 불행으로 밥이 술술! 제가 직접 만든 거라면 더 말할 것도 없죠! 오늘 저녁은 드물게 한 그릇 더 먹어버렸지 뭐예요.』

그때의 일이 생각난 것이겠지. 등 뒤에서 "후후" 하고 저도 모르게 새어 나온 듯한 귀여운 웃음소리가 들려왔다.

희생자들 앞에서 이것이 당신들을 가지고 놀았던 거유

미소녀 여고생입니다, 라며 레나를 보여주면 어떻게 될까. 벌레 한 마리 못 죽일 듯한 얼굴 뒤에 숨어 있는 것은 타인의 불행에서 쾌감을 느끼고 사행심을 자극하는 가학심 덩어리였다.

"이번에도 또 거창하게 놀았구나."

『그야말로 무료함을 주체하지 못한 신들의 유희죠. 당분간은 이 방향으로 놀이를 모색해 보려고요.』

그러한 일들을 행하고, 그때의 심정까지 말하고, 그것을 신들의 유희라며 일축하는 레나. 이 게임에 푹 빠지게 된 이후 순조롭게 마음이 피폐해지며 도의적인 길에서 벗어나고 있다.

레나는 정말로 즐겁다는 듯이 하루하루를 생기 넘치게 보내고 있다.

다가올 미래에서 눈을 돌린 현실 도피를 아직도 계속하고 있다.

억압되어 온 모든 것에서 해방된 그 몸은 뚜껑이 더는 닫히지 않을 만큼 편안함과 즐거움뿐인 향락에 가라앉고 말았다.

어쨌든 레나는 사람들이 모두 똑같이 가진 마지막의 마지막 도피처, 그 한 걸음 앞에서 도망쳐 왔다. 어른으로서의 올바른 대응은 레나에게 절망일 뿐이었다.

그러니 레나에게 앞으로 어떻게 하고 싶은지 물어보면

분명 깊게 생각하지 않고, 아니 생각조차 하지 않고 이대로가 좋다고 대답할 것이다.

일섬십계 레나팔트는 억압되어 온 마음의 해방처이자 한 사람의 인격으로 이미 독립해 있었다. 평범한 소녀로서 할 수 없는 결단과 사고회로를 가진 아바타인 것이다.

나는 오늘까지 계속 그런 레나를 받아들인 채 안주해왔다.

레나의 미래를 생각하지 않고 어떻게든 되겠지 하며 낙관적으로 생각해 왔다.

레나가 언제 폭발해도 이상하지 않은 사회적 책임이라는 사실을 어느샌가 가볍게 여길 정도로.

사실은 그것이 매우 무거운 것이라는 사실을 다시 한번 일깨워주는 일이 벌어진 것이다.

◆

시간은 두 시간 전으로 거슬러 올라간다.

퇴근 후 금요일은 역 구내 입식 소바 가게를 경유해 가미의 가게로. 그런 동선이 정해져 있다.

월 교체 시기가 맞물린 것인지 경유지 가게의 기간 한정 메뉴가 갱신되어 있었다. 대게와 파튀김 덮밥. 가격은 1천에 더해 오백 엔 동전까지 필요한 것 같다. 더는 입식 소바집에서 나올 만한 가격이 아니다. 어째서 역 구내 입식 소바

가게에서 그런 고급 노선으로 빠져버린 것일까.

'싸고 빠르다'를 내걸고 있는 가게에서 고급 노선을 어필해 봤자 '이 정도 금액에 겨우 이건가……'라고 절망하여 돌아갈 것이 눈에 뻔히 보였다.

실제 가게에 들어갔을 때 스쳐 지나간 선객이 딱 그런 얼굴을 하고 있었고, 기간 한정 메뉴를 보고 모든 것을 알아차렸다. 발매기 앞에서 6월에 했던 후회를 떠올리며 이 손가락은 자루 소바를 눌렀다.

드디어 더위가 진정된 그런 10월의 시작.

"정말 겁쟁이네, 타마는."

아무 일도 없었던 일주일.

주간 마무리 업무 보고를 하듯 대강의 일을 전하자 가미가 한소리를 해왔다.

"다른 사람이었으면 진작에 손을 대고도 남았다고."

손을 댄다. 무엇에? 그런 것은 뻔한 질문이다.

우리 집에서 고용한 자택 경비원. 거유 미소녀 여고생을 말하는 것이다.

그것은 결코 폭력적인 의미가 아니다. 하지만 사회적 제재를 받기에는 충분한 규칙 위반. 어른의 욕망을 어린아이로 해소하려 한다며, 이 사회에서 불순하다고 규정된 만행이다.

"준법정신이라는 말 알아?"

"무단횡단이랑 마찬가지야. 건너는 모습을 보이지만 않으면 벌금 같은 건 매길 수 없다고. 무엇보다 현재 진행형으로 무단횡단 중인 남자한테 그런 헛소리는 듣고 싶지 않아."

"타인을 이해하려는 마음은 중요해."

"바보 같은 소리. 타마에게 그런 멋진 정신이 깃들어 있을 리가 없잖아."

가미는 어이없다는 얼굴로 눈살을 찌푸렸다.

"애초에 정말로 마음을 이해한다면 당장이라도 손을 내밀어 주는 게 온정 아닐까? ……그 애, 분명 타마를 좋아할걸."

가미는 이쪽의 눈을 똑바로 바라보았다.

지금까지 내가 구하기엔 꺼려지는 물건들을 이것저것 챙겨주고 준비해준 가미. 하지만 두 사람은 단 한 번도 만난 적이 없다. 말을 섞은 적도 없다. 그저 필요한 물건을 메일로, 레나가 가미에게 일방통행으로 보내고 있을 뿐이다. 그것을 내가 받아들고 내용물을 알지도 못한 채 레나에게 건네주고 있다.

레나의 감사 인사도 가미는 받으려고 하지 않았다.

기본적으로 우리 세계에는 노터치. 휘두르기는커녕 개입하려 들지도 않았다.

그저 재미있는 안줏거리 삼아 이야기를 듣고 있을 뿐이다.

굳이 나서서 참견하고 싶은 이야기도 아니고 방향성을 정해주겠다는 생각도 하지 않고 있을 것이다.

그래서 이렇게 최소한으로만 도와주고 있었다. 소품을 준비해주기만 하고 관객으로 관철하겠다는 듯이.

그래도 관객으로서 감상 정도는 말하고 싶겠지. 말 그대로 돈을 낸 관객의 권리를 행사하듯 아무런 움직임 없는 전개에 투덜대는 것이다.

레나가 나를 어떻게 보는지. 내 이야기만 들어도 뻔히 알겠다면서.

만약 눈치 없는 둔감형 주인공이 이 말을 듣는다면 『무슨 말도 안 되는 소리야』라며 일축하려나.

눈치는 제법 있고 이래 봬도 타인의 마음은 어느 정도 올바르게 짐작할 수 있었다.

연애 경험 같은 건 없어도 레나의 호감 정도는 감지하고 있다.

"단순한 의존심이야."

그리고 그것의 정체도 잘 알고 있었다.

그 마음은 사회가 제시하는 진정한 애정이나 사랑 따위가 결코 아니다. 레나에게 있어서 나는 어디까지나 편리한 상대이기 때문에 호의를 품고 있을 뿐이다.

시시한 변명이라고 생각한 것인지 가미가 재미없다는 듯한 표정을 지었다.

"그렇다면 더더욱 품에 뛰어드는 편이 그쪽도 안심하지 않겠어? 계속 여기 있을 명분을 얻는 셈이니까."

"언제까지나 계속 그럴 수는 없잖아."

"떠날 걸 가정하고 있었다고?"

"그래."

"돌려보낼 타이밍을 놓친 걸 넘어서서 아무 생각도 없다고 했던 남자가 말은 잘해요."

"갑자기 마음의 변덕이라도 생겨서 고향이 그리워질 수도 있잖아? 그럴 때 가출한 곳의 어른과 해버렸다면 막상 돌아갔을 때 부담밖에 안 되겠지."

"그 후로 몇 개월이나 지난 줄은 알아? 이 정도 기간을 남자의, 그것도 어른 남자의 집에서 지내고 있는 거라고. 손대지 않은 상태라고 해도 아무도 안 믿을걸. 이미 그 아이의 인생에는 하자가 생긴 거야."

"즉 지금의 레나는 하자 있는 아웃렛 상품이라는 거네."

"좋게 말해 타마, 넌 쓰레기야."

가미는 믿기지 않는다는 눈빛으로 이쪽을 바라보았다. 타인을 먹잇감 삼아 살아온 가미로서도 이렇게까지 끔찍한 비유는 들어본 적 없을지도 모른다.

그런 인간성을 포기한 인간에게 한 점을 따냈다는 생각에 입꼬리가 만족스럽게 올라갔다.

"그럴싸하게 말하지만 결국 책임 소재를 그 아이에게 떠넘기고 싶은 것뿐이잖아."

못 말린다는 듯이 크게 숨을 내쉰 가미가 팔짱을 꼈다.

"지금의 미온수가 기분 좋아서 언제까지나 잠겨 있고 싶다. 이해심 좋은 선배라는 위치를 관철하고 싶다. 손을 대더라도 그쪽에서 원했기 때문에 댄 것이다. 그렇게 하고 싶은 거 아냐?"

가미가 거침없이 남의 속마음을 파고들었다. 내용물을 올바르게 해석해 나간다.

가미의 대답이 바로 정답이었다. 손대지 않는 것은 사회의 규칙과 도덕성을 소중히 여김으로써 가지는 양심의 가책이 아니다. 안정을 얻기 위해 몸을 사리는 것이다.

반년 가까이 레나를 끌어들인 채 지내고 있었다. 새삼스럽게 사회적 책임이나 준법정신 같은 시답잖은 것은 생각하지 않았다. 오늘날까지 쌓아온 레나와의 신용, 그리고 신뢰가 무너지는 것을 꺼리는 것뿐이다.

레나가 보내는 호감이 좋다. 그것이 조금이라도 경멸로 변하는 것이 싫어서 이 미지근한 물에 계속 몸을 담그고 있는 것뿐이다.

본인 앞에서는 좋은 선배를 연기하면서 이 가슴속은 뒤틀린 욕망으로 얼룩져 있다. 상대편에서 원하고 바라온다면 주저할 이유를 찾지 않을 정도로.

어쨌든 나는 성인(聖人)이 아니다. 그저 한심한 어른이다.

가미의 말은 처음부터 끝까지 맞는 말이다. 찍소리도 못
할 만큼의 정론이었다.

　"결국 타마가 그 아이에게 손대지 않는 건 찌질한 동정
이라 겁먹은 것뿐이잖아."

　"Fuck you."

　다만 이것만큼은 순순히 받아들이기 어려워 중지를 세
우지 않을 수 없었다.

　가미는 만족스러운 얼굴로 코웃음을 치더니,

　"이 사회에서 더 빠르게 남보다 이득을 보는 방법. 그게
뭔지 알고는 있어?"

　불현듯 진지한 목소리로 그런 질문을 건네왔다.

　"복권에 당첨되는 거지."

　"규칙을 어기는 거야."

　시시한 대답을 일축하듯 가미가 곧바로 답을 말했다.

　"알다시피 이 사회는 규칙만 있는 게 아니야. 도덕만 해
도 무수히 많지. 사소한 일 하나라도 깨면 모든 것을 잃을
정도의 대가를 치르는 신세가 되고 말아. 그런데도 깨려는
사람들이 끊이질 않는 건 그런 범주 안에서는 얻을 수 없
는 이득이 있기 때문이야."

　흔한 이야기다.

　가벼운 마음으로 규칙을 어겼다. 그것에 의해서 오늘까
지 쌓아 온 모든 것을 빼앗긴다는 비극…… 아니, 응징을

받는다. 그렇게 벌을 받은 자들이 밤낮으로 세상에 이름을 날리고 있다.

이것이 사회의 규칙을 어긴 자들의 말로라면서.

"예를 들면 타마가 지금 하는 무단횡단. 그게 표면화되면 사회가 정한 벌보다 무거운 민중의 사형이 기다리고 있지. 아무 불이익도 받지 않은 자들이 다 같이 타마에게 돌을 던지는 거야. 왜 그럴까?"

"옛 선인이 그랬지. 『너희들 중 죄지은 적 없는 자 돌을 던져라.』 가미는 돌을 던질 수 있을까?"

"설마. 인간성 없는 나도 나 나름대로 가지고 있는 자존심 정도는 있어."

질문을 질문으로 되받아쳤음에도 가미는 기분 나쁜 내색 없이 담백하게 대답했다.

"그런 염치없는 짓을 할 수 있을 리가 없지. 타마는 던질 거야?"

"적어도 그 전제를 내건다면 못 던지겠지."

"어째서?"

"애초에 돌을 던지는 것 자체가 우리 사회에서는 허용되지 않아. 규칙에 맡기지 않고 돌을 던지는 건 단순한 사적 처벌이니까. 돌을 던진 시점에서 돌을 던졌다는 죄를 지게되지. 그러니 어지간한 경우가 아니고서야 남들 앞에서 그런 짓은 하지 못해."

"그럼 순리를 잘 아는 착한 아이 타마는 돌을 던지지 않을 거라는 뜻이네?"

"설마. 남이 보이지 않는 곳에서 던져야지."

돌을 던지는 시늉을 하자 웃음을 참는 가미의 입가가 씰룩였다.

"내가 던진 돌로 짜증 나는 놈이 괴로워하는 건 즐거운 일이니까. 그러니 옛 선인의 가르침에 나야말로 성인이라며 착각하는 민중들 사이에 섞여 들키지 않도록 몰래 던지는 거지. 죄는 들키지 않으면 처벌받지 않으니까."

얼마 남지 않은 내용물을 다 비워내듯 잔을 단숨에 들이켰다.

"나에게 돌을 던지는 건 결국 그런 놈들이겠지."

잔을 비우고 가미의 첫 번째 질문, 그 대답을 내밀었다.

"양심의 가책 없이 대의명분을 내세워 일방적으로 때릴 수 있는 샌드백. 자신이 손에 넣을 수 없는, 뜻대로 되지 않는 나날의 울분을 푸는 것뿐인데, 그런 자각조차 없이 정의로운 행동이라고 착각하며 돌을 던지지. 그게 요즘 트렌드야."

진정한 정의감을 갖고 행동에 옮기는 사람이 과연 얼마나 될까.

잘못된 정보를 그대로 받아들이고 정의를 내세우다가도 그것이 잘못된 것임을 알게 되면 재빠른 속도로 사라진다.

심지어 자신은 잘못된 정보에 속았을 뿐이라며 피해자 행세까지 하는 것이다.

유언비어의 피해자가 된 자에게 성심성의껏 대응하고 스스로 속죄하려는 자는 과연 한 사람이라도 있을까.

나는 없다고 거의 확신할 수 있다.

겉으로만 보이는 것을 전부라고 믿고 본질을 알려고도 하지 않고 이것이 정의로운 행동이라며 바로 돌을 던진다. 그런 녀석들에게 진짜 마음이 깃들 리가 없다.

결국엔 대의명분과 정의를 내세워 돌을 던지고 싶을 뿐이다. 그렇게 하루하루의 울분을 푸는 것이 현대의 오락이기 때문이다.

그 본질을 이해하고 돌을 던진다면 구제할 길 없는 쓰레기다.

단지 그 자각도 없이 던지고 있다면 그것은 정말이지 질이 나쁘다.

나는 한심한 어른일지라도 질 나쁜 어른만큼은 되지 않겠노라 맹세했다.

"특히나 가장 큰 근원은 부러움과 질투지. 본인은 성실하게 규칙을 지키고 있는데 비겁한 짓을 해서 이득을 보는 건 용서할 수 없다는 거야."

"규칙을 어기는 것뿐만이 아니야. 사회가 깔아놓은 레일을 벗어나 성공한 상대에 대한 질투심도 넘쳐나지."

가미는 빈 잔을 받아들며 덧붙이듯 말했다.

인터넷 사회에서는 그것이 현저하게 두드러진다.

자신의 삶에 만족하지 못하는 질투에 정신 나간 망자들. 그 주장은 고귀한 갈채를 보내는 자들보다 더 격렬하고 큰 소리를 낸다.

나쁜 짓을 한 것도 아니니 그냥 놔두면 될 텐데. 성공한 이의 결점을 샅샅이 뒤져대는 나날들. 그 결과 어중간한 팬보다 더 잘 알게 되니 결과적으로 팬이 아닌가 하는 웃기는 상황이 되는 것이다.

"그야말로 진지하게 레일에 올라타 있는 게 바보처럼 느껴질 정도로 말이야. 그 정도로 이 사회는 규칙을 어기고 레일에서 잘 벗어난 자들이 이득을 보는 시스템이야."

가미가 하고 싶은 말은 잘 알고 있다.

진지하게 레일에 올라타 있는 것이 바보 같다. 그렇게 생각할수록 레일을 벗어난 자들의 성공이 더욱 눈부시게 느껴진다. 어째서 저렇게 편하게 놀다가 일확천금의 억만장자가 돼 있는 거야. 다 필요 없고 어쨌든 부럽다, 질투 난다.

물론 그들이 뒤에서 해왔을 노력은 일절 보지 않는다.

"하지만 규칙을 어긴 자들은 그 길 위에서 필사적으로 노력하고 있어. 기존과는 비교할 수 없을 정도의 리스크를 안고. 짊어진 그 위험의 무게를 견디면서 규칙을 어긴 단물을 열심히 마시고 있는 거지."

가미는 그 꿀 대신이라는 듯 속을 채운 잔을 내밀었다.

"레일을 벗어난 사람들도 마찬가지야. 쉽게 원래 레일로는 돌아갈 수 없어. 그 길에서 실패하면 자업자득이라는 조롱을 받는다는 사실도 알아. 내일 어떻게 될지도 모르는 세계에서 그 자리를 유지하는 것만으로도 힘들겠지."

잔에 입을 대면서 가미의 고견을 가만히 경청했다.

"그리고 무엇보다 레일 위를 달리는 사람들이 가장 필사적이야. 몫이 적은 제로섬 게임. 눈앞에 있는 향락의 유혹을 열심히 견뎌낸들 한 줌의 사회적 행복밖에 얻을 수 없는데도 말이지."

가미 나름대로 나눈 세 개의 세계.

어느 길이든 이득이나 행복을 얻는 것은 쉬운 일이 아니다. 그것을 붙잡고 유지하려면 말 그대로 필사적으로 노력해야 한다고.

"반면 타마는 어느 것에도 해당하지 않네. 저것도 갖고 싶다, 이것도 갖고 싶다고 생각하면서도 수중의 즐거움은 잃고 싶지 않으니 현상 유지. 되는대로 안주한 결과 좋은 게 떨어지면 행운이라고 생각하면서."

그리고 넌 그 세 가지에 해당하지 않는, 어중간한 놈이라고.

가미는 그런 나에게 실망한 것이 아니다. 가미 나름대로 분석한 현실을 그저 들이밀고 있을 뿐이다.

"있지, 타마. 요즘 여기저기서 외국인들 많이 보이지? 일본인이 하기 싫어하는 일에 헐값으로 쓰이고 있어. 그런 거에 대해선 어떻게 생각해?"

거기서 또 이야기가 전환되었다.

착지점을 알 수 없었지만 흘러가는 대로 나는 대답했다.

"굳이 나라를 뛰쳐나왔는데도 그런 대접을 받는 거잖아. 다 같이 고생하는 처지라지만 그렇게는 되고 싶지 않아."

"동감이야. 하지만 그들은 타마보다 훨씬 대단하고 훌륭해."

"무슨 욕이야?"

"욕이 아니라, 진실이야. 왜냐하면 그들은 나라를 뛰쳐나온 거잖아? 이런 번잡한 나라의 언어와 규칙을 다시 배우고, 지금도 계속 배우고 있어. 평범한 각오로는 할 수 없는 일이지."

후우, 하고 가미가 숨을 내쉬었다.

말하느라 지친 것이 아니다. 눈 깜짝할 사이에 비운 잔을 내가 내밀었기 때문이다.

익숙한 모습으로 다시 따르며 가미는 진짜 말하고 싶었던 결론을 꺼냈다.

"타마에게 부족한 건 바로 그거야. 자고로 인간이란 각오를 다지면 결과와는 상관없이 새로운 길로 나아갈 수 있는 법이지."

너에게 부족한 건 각오라고.

"이제 와서 준법정신이나 사회적 선악 따위를 말하려는 게 아니야. 그런 시시한 건 말할 가치조차 없어. 그러니까 내가 할 말은 딱 하나."

가득 담긴 잔을 내밀며 가미가 말했다.

"남들보다 이득을 보고 싶다면 각오를 다지고 위험을 감수해."

각오를 다져라.

위험을 감수해라.

가미가 무엇을 그 말을 하는 것인가. 그야말로 준법정신과 사회적 선악과 같다. 그런 시시한 건 새삼스럽게 말할 필요도 없다.

가미의 입꼬리가 문득 작게 올라갔다.

"이래 봬도 내가 너랑 지낸 시간이 얼만데. 친구의 얼굴은 우는 모습을 보는 것보단 코웃음 치는 얼굴을 보는 게 더 재밌어."

1년 전 끊어졌던 인연이 우연히 눈앞으로 굴러들어왔다. 가미는 그것을 손에 넣어두고자 했다. 다만 그곳에 있었던 것은 단순히 그리운 인연을 향한 온정뿐만은 아니었던 것 같다.

우정이었다.

아무래도 가미는 내 등을 밀어주고 싶은 것 같았다. 그 손은 그야말로 사회의 레일에서 밀어내는 타락의 편도 티켓이다.

터무니없는 우정을 내밀어오는 가미였지만, 거기에 악의는 일절 없다. 순도 100%의 선의다.

"뭐, 그래도 타마의 인생이니까. 각오를 다잡을 수 없다면 지금까지처럼 떠내려가는 것도 하나의 방법이지. 하지만 이것만은 잊지 마. 타마는 이미 등에 폭탄을 지고 있어."

그러나 그 손에 담긴 힘은 결코 반항적이지 않다. 마지막의 마지막은 본인의 의지를 존중한다. 그리고 현상 확인.

"언제 터질지는 모르겠지만…… 좋은 일도 못 해보고 벌만 받는 것만큼 바보 같은 짓은 없어."

처음부터 끝까지 정론으로 시작해 정론으로 끝났다.

옛날부터 가미는 인간성을 상실한, 사회가 보여주는 인간쓰레기 그 자체였지만, 내게는 유일하게 마음이 맞는 녀석이었다. 즉 근본은 같다.

그런 나와 가미의 인생을 크게 나눈 것이 있다면 이른바 각오일지도 모른다. 언제든지 각오를 다지고 인생을 살아가는 가미가 보기에 내가 그럴듯한 걸음을 내디딜 때는 발등에 불이 떨어졌을 때뿐.

"뭐, 벌을 받은 뒤에 죽고 싶어지면 상담해."

가미가 히죽 입꼬리를 치켜올렸다.

"편안하게 갈 수 있도록 도와줄 테니까."

마치 미래에 대한 기대를 담은 어조로 가미가 말했다.

장난기 어린 말투지만, 아마 입 밖으로 나온 말은 농담이 아닐 것이다. 말 그대로의 뜻으로 받아들이면 된다.

아직도 모르쇠로 일관하는 가미의 성공. 그 경험을 발휘하여 이 인생에서 편하게 로그아웃을 시켜 준다는 뜻이겠지.

"그나저나 좀 다른 이야기인데."

"응? 뭔데."

"쿠루미한테 상담을 받았어."

"정말 다른 이야기군."

맥이 빠지는 느낌이 들었지만, 다시 자세를 바로 했다. 이제 곧 가게 문을 열 시간이기 때문이었다.

반짝반짝 빛나는 인싸 미소녀 여대생인 쿠루미는 금요일 오픈 시간에 맞춰 온다. 늦게까지 붙어 있는 나쁜 버릇은 사라졌지만, 요즘은 매번 그녀와 즐겁게 시간을 보내는 것이 습관이 되었다.

아무리 즐겁다 해도 그다음은 없는 가게에서만의 관계. 일말의 기대조차 없지만 꼴사나운 모습을 보이고 싶진 않았다. 티끌만 한 어른으로서의 존경심 정도는 간직하고 싶은 것이 남자의 마음이었다.

"그래서 쿠루미한테 무슨 일이 있대?"

"친구의 여동생이 가출했대."

"가출? 그거 걱정되겠네."

"집 나간 것도 최근 이야기가 아니라 꽤 오래된 이야기인가 봐. 9월 연휴 중에 그 사실을 알게 돼서 친구가 엄청 패닉에 빠졌다더라."

"오래전이라니…… 그간 부모님은 대체 뭘 했길래?"

"가출했을 때 남겼던 기록을 있는 그대로 받아들였다나 봐. 원래부터 문제가 좀 있는 아이였는지 나도 이제 그런 놈은 모른다면서 큰딸에게 아예 던져둔 채로 방치하고 있었던 거지."

"큰딸에게 던져둔 채로?"

"메모에 이렇게 적혀 있었대. 『도쿄에 있는 언니에게 갑니다』라고."

"크흡!"

마시느라 입에 머금고 있던 것을 다시 잔을 향해 뿜어냈다.

"어머, 괜찮아, 타마?"

"아, 으응……."

히죽히죽 웃는 가미를 향해 평정을 가장하며 정신을 차렸다.

"딸이 실종됐다는데 부모가 세상의 시선을 엄청 신경 쓰는지, 아직 실종 신고를 안 한 모양이야."

"······시, 실종은 너무 과장된 거 아냐? 고작해야 가출이 잖아? 그 정도의 집안이라면 딸이 가출했다는 추문은 피하고 싶겠지."

"과장이 아냐. 가출한 지 벌써 5개월이나 됐다는걸? 그동안 자취를 감추고 행적을 모른다면 그건 여지없는 실종이지."

"흐, 흐음······ 5개월이라고?"

"적지 않은 시간이야. 일단은 안부가 참 궁금하네. 만약 살아 있다고 해도 분명 어딘가의 한심한 어른 밑에서 좋을 대로 부려 먹히고 있겠지."

쿠루미의 친구, 그녀의 여동생이 그런 일을 당하고 있을지도 모르는데 가미는 즐거워 못 참겠다는 얼굴이었다.

어쩌면 가미는 그 여동생의 행방에 짐작 가는 것이 있을지도 모른다. 나조차 짐작 가는 것이 있을 정도니까.

"일을 크게 만들긴 쉽지만, 가출 기간이 그 정도나 되니까. 어설프게 찾았다간 괜한 오해만 불러일으키고 불명예스러운 칭호만 늘어나겠지. 그렇다고 탐정을 고용해도 별다른 성과를 기대하긴 어려울 테고."

미성년자 실종이라고는 해도 그 시작은 가출이다. 사진을 첨부해 SNS에 확산이라도 한다면 곧바로 인터넷의 먹잇감이 되어 좋은 인생이었다, 하고 사회적으로 매장될 것이 뻔했다.

"그, 그 친구가 신고하는 건?"

"만약 큰일로 만든다면 그 여동생이 돌아와도 원만하게 끝나진 않을 거다. 네 손이 닿지 않는 곳에 맡겨버리겠다고 은연중에 협박했다는 것 같아. 그 대신 만약 조용하게 모든 문제를 수습한다면 여동생의 모든 것을 위임한다는 약속을 어찌어찌 받아냈대."

"호오…… 그건 또 엄청난 막장 부모로군. 이러지도 저러지도 못하는 상황이라는 건가."

"그 친구가 할 수 있는 일은 기껏해야 믿을 수 있는 주변 지인에게 사진을 보여주고 목격 증언을 찾는 것 정도지. 그래서 나도 쿠루미한테 부탁을 받았어."

가미는 스마트폰을 꺼내 그 사진을 보여주었다.

"손님한테 이런 아이를 본 적이 없느냐고 물어봐달라는 협조를 부탁하더라."

세일러복을 입은 소녀의 사진. 지금보다 더 생김새는 어리지만, 모성은 그 나이대답지 않게 꽃피어 있었다.

틀림없는 거유 미소녀 여고생의 여중생 시절 사진이었다.

"어때, 타마. 넌 이 아이 본 적 없어?"

"아침에 우리 집에서 봤어."

◆

뜻밖의 인연을 통해 현실에서 마의 손길이 뻗쳐오고 있었다.

그걸 알고도 지금까지처럼 현실을 못 본 척할 수 있을까. 아니면 못 본 척해도 되는 걸까.

오직 눈앞의 편안함에만 안주해온 인생과는 무관한 삶의 방식.

장래 따위는 제대로 생각하지 않고 오늘날까지 지내 왔다.

그렇다고 내가 아무 생각 없이 살아온 것은 아니다.

지금 내가 하는 일이 어떤 것인지. 하지 않은 것이 무엇을 의미하는지를 생각하고, 생각하고, 생각하고, 생각하고, 제삼자의 시선에서 본 답을 내놓았다.

그것은 자각 없는 질 나쁜 어른만은 되지 않겠다고 스스로 맹세했기 때문이었다.

그래서 한심한 어른 나름대로 생각했다.

이대로 현실을 보지 않는 것은 확실히 가장 편하고 즐거울 것이다. 그래도 역시 한 번 정도는 현실을 직시해야 한다. 애매하게 해온 것을 모두 도마에 올려두고 어떻게 해야 할지를 따져야 한다.

비록 그 결과 편안하고 즐거운 지금을 포기하게 되더라도.

『자고로 인간이란 각오를 다지면 결과와는 상관없이 새로운 길로 나아갈 수 있는 법이지.』

한심한 어른 나름대로 레나를 상대할 때만은 성실해지

고 싶었다.

앉은 채 의자를 돌려 정면에서 레나를 마주 보았다.

"한 잔 더 드릴까요?"

"아니, 잠깐."

최근 반년 가까이 수백 수천 번 말을 걸어왔다. 감정의 일희일비, 그 미세한 차이를 레나는 확실히 느낄 수 있었다.

레나가 숨을 삼킨 것은 그저 잡담이나 시시한 농담이 아니라는 것이 전해졌기 때문이었다.

그런 레나를 똑바로 바라보면서 그 이름을 불렀다.

"할 말이 있어, 카에데."

"어떻게……."

기분 좋은 꿈에서 억지로 깨어난 것을 탄식하듯 레나가 눈을 부릅떴다.

후미노 카에데. 그것이 가미가 가져온, 일섬십계 레나팔트로 도망치고 있는 소녀의 진짜 이름이었다.

접이식 책상에 얹어진 채 무지갯빛을 발하는 노트북. 그 키보드에 손을 얹은 채 레나는 멍하니 이쪽을 올려다보았다.

"가미네 가게에 현실의 마의 손길이 뻗쳐왔다."

"마의…… 손?"

"도쿄의 언니가 너를 찾기 시작했나 봐."

"언니가……?"

이렇다 할 의사를 표시하지 않고 내가 한 말을 그대로 반복하는 레나.

"그래. 놀랍게도 네 가출을 무려 반년 가까이 아무도 눈치채지 못한 것 같더라."

그런 레나를 향해 과장되게 두 팔을 벌리고 광대 같은 가벼운 미소를 얼굴에 걸었다.

레나는 똑같이 광대처럼 웃지도 않고 그렇다고 분노하지도 않고 실망하지도 않았다. 망연자실한 소녀의 얼굴은 진짜 이름이 불린 뒤로 꿈쩍도 하지 않았다.

예전에 언니는 상냥하다. 자신을 세상에서 가장 많이 생각해 준다는 말까지 했다. 그런 언니에게 이렇게 오랫동안 방치되었다는 현실과 마주한 반응이 이것이었다.

관심이 없다. 그야말로 그런 레나의 모습을 보는 이쪽이 더 가슴 아플 정도였다.

오늘의 경위를 담백하게 들려주었다.

레나가 집을 나간 시점에서 아빠는 그 장래를 완전히 방치하고 곧바로 퇴학계를 냈다고 했다. 시대착오적인 그 말도 안 되는 인연 맺기로서의 역할만 완수하면 된다는 생각에 필요한 때가 올 때까지 큰딸에게 내맡길 심산이었다는 것 같다.

큰딸에게서도 경찰로부터도 연락이 없다. 무소식이 곧 희소식이라는 생각으로 말 그대로 딸을 방치한 것이다.

한편 언니는 그날까지 먼저 여동생과 연락하지 않고 근황을 묻는 것을 삼갔다는 것 같다. 본인이 보기에 여동생의 절망적인 커뮤니케이션 장애는 자신이 너무 어리광을 받아준 탓일지도 모른다고 생각했던 모양이다.

대학을 진학할 때 무슨 일이 생기면 언제든지 연락하라고 말해두었으니, 무슨 일이 있으면 반드시 자신을 의지하리라 생각했다.

무소식은 곧 희소식. 멀쩡하게 고등학교에 잘 다니게 되었구나, 하고 안심하고 있었다고 한다.

역시 자신이 곁에 있으면서 어리광을 너무 받아준 것이 문제였다. 여동생은 의지할 곳이 없으면 없는 대로 착실하게 독립할 수 있는 자랑스러운 여동생이었다. 그런 여동생의 성장을 방해하지 않기 위해 최근까지 귀성을 삼갔다는 모양이었다.

이렇게 안이한 생각이 교차한 결과 상황은 보는 대로. 보통이라면 어떻게 그럴 수 있을까 싶을 만큼 놀라운 허술함이었다.

오늘 가미에게 들은 이야기를 모두 마치자 레나는 한동안 멍한 얼굴이었다. 차라리 자신의 처지에 충격을 받는 편이 낫지 않을까 싶을 만큼 아파 보였다.

잠시 후 정신을 차린 얼굴로 레나가 키보드를 두드렸다.

『죄송해요.』

핸드폰으로 온 건 딱 네 글자.

무엇을 사과하는 걸까? 사과를 받을만한 짓은 겪지 않았다. 왜 그렇게까지 자신이 나쁘다고 몰아가는가.

다음 메시지를 통해 그 진의를 알게 되었다.

『아무래도 저, 이제 평범한 거유 미소녀가 된 것 같아요.』

"아!"

생각할 새도 없이 반사적으로 말이 나오고 말았다.

잠시 잊고 있었지만 레나는 개그를 하지 못하면 죽고야 마는 중병환자다. 심각한 분위기 속에서 심각한 병의 발작을 맞이한 것 같았다.

재미있는 개그를 선보인 것에 그 입가에는 만족스러운 미소가 걸려 있었다.

『뭐, 거의 예상대로 흘러갔네요. 와~ 그나저나 시간을 벌려고 써놓은 메모로 반년 가까이 들키지 않았다는 건 진짜 웃기네요.』

"그게 웃을 일인가?"

『너무 심하게 엇갈려서 진심 뿜었어요. 과거에 유행했던 착각물 콩트라도 하자는 건가?』

폭주 타이핑에 망설임은 없고, 그녀는 가족 간의 엇갈림을 그렇게 평가했다.

뿜었다고 했지만, 말에 감도는 분위기는 별로 즐거워 보이지 않았다. 여고생 브랜드를 잃었다는 사죄의 미소는 한

참이나 가라앉아 있다.

『그리고 언니의 어리광 발언도 어이가 없네요. 고작 그거 해놓고 어리광을 너무 받아줬다고 생각했다니, 우습지도 않아요. 진정한 어리광이 뭔지 모르는 건가? 선배 손톱의 때를 달여서* 보내주고 싶네요.』

"도쿄대생한테 그런 걸 먹게 했다간 단순 설사로 안 끝 날걸."

『그 정도의 극약 처방이 딱 좋아요. 언니는 성실함의 표 본 같은 존재니까. 조금 멍청해지는 편이 본인에게 더 나 을걸요.』

"아무렇지도 않게 실례되는 발언을 하는구나. 천장의 얼 룩을 세게 해줄까?"

『꺄악, 당한다~!』

바보 같은 대화에 레나는 더 이상 웃음을 참지 못했다. 엔터를 누르자마자 쏟아져 나온 것을 억누르듯 입가를 양 손으로 가렸다.

나와의 대화는 늘 이렇게 즐거워한다. 하지만 자학적으 로 다루는 본인의 가정환경, 가족을 소재로 한 대화에서는 그 무엇도 재미있어 보이지 않았다.

더 이상 이어지는 이야기가 없다면 이 이야기는 그만 끝 내고 싶다.

---

*뛰어난 사람을 닮고 싶다는 뜻으로 손톱의 때를 달여 마신다는 일본 속담이 있다.

은연중에 그런 의사가 느껴졌다. 일섬십계 레나팔트에 겐 현세의 정보 따위 필요 없다는 듯이.

그렇지만 나는 다시 한 발짝 나아가야 했다.

이대로는 지금까지와 아무것도 다르지 않다. 편한 쪽으로 떠내려가고 있을 뿐이다. 아무것도 해결되지 않은 것이다.

그러니까 물어봐야 했다.

"이제부터 넌 어쩌고 싶어?"

정보를 준 후 레나가 어떤 답을 도출할 것인가.

『이대로가 좋아요.』

망설임 없는 폭주 타이핑은 예상했던 답을 가져왔다.

일섬십계 레나팔트로서 사회에서 로그아웃한 채로 있고 싶다.

일섬십계 레나팔트로서 현실 도피에 로그인한 채로 있 고 싶다.

이런 식의 대답이 돌아올 거라는 것은 처음부터 알고 있 었다.

나는 의자에서 내려와 레나의 앞에 털썩 주저앉았다.

"어……."

그리고 그 두 손을 살짝 잡고,

"나는 일섬십계 레나팔트에게 묻는 게 아니야."

탁, 하고 노트북을 닫았다.

"후미노 카에데로서, 앞으로 어떻게 하고 싶은지 묻는

거야."

레나의 눈을 가만히 바라보았다. 외면하고 현실에서 도망치는 것을 더는 용납하지 않겠다고 말한 것이다.

일단 손을 움직이기 시작하면 그것은 모두 레나팔트의 사고회로에서 도출된 해답이 된다. 후미노 카에데로서 다시 한번 생각해 주었으면 해서 레나팔트로서의 의사 전달 수단을 빼앗은 것이다.

강제로 레나팔트의 손을 빼앗으면, 처음 만났을 때처럼 겁에 질린 소녀로 역행하여 어쩔 줄 모르는 연약한 옛 소녀로 돌아갈지도 모른다.

"선배는 어떻게 했으면 좋겠어요?"

하지만 레나는 내 예상을 깨고 정면으로 내 눈을 마주했다. 멈추지도, 말을 더듬지도 않고 또렷한 목소리로 질문을 되받아친 것이다.

뜻밖의 반응이라 당황했지만,

"나는 이대로가 좋아."

진심 어린 욕망으로 질문을 되돌려주었다.

"어쨌든 아침에 일어나서 씻고 나오면 알아서 나오는 아침과 커피. 세탁소에 맡긴 듯한 직장인의 장비를 걸치고 한 손에 도시락을 들고 출근. 밤에는 피로에 지쳐 돌아오면 밥과 목욕, 거기에 타올팬파까지 준비돼 있지."

시시했던 어른의 나 홀로 삶은 마치 다른 세계에 발을

들여놓은 듯 변모했다. 그야말로 다른 세계로 전이돼 버린 것 같은 변화였다.

"모든 집안일에서 해방되고 모든 것이 준비되는 나날이란, 그야말로 인생의 타락이었지. 이제 너 없는 생활로는 더는 못 돌아가. 그만큼 우리 집 경비원의 활약은 눈부시지. 일섬십계 레나팔트, 지금 여기 무능 인간 제조기의 칭호를 내리노라!"

"네, 감사히 받겠습니다."

무능남이 찌질한 발언을 내뱉는 모습은 어디에 내놓아도 부끄러울 정도로 찌질해 보였다. 자고로 인간이라면 이렇게 살면 안 된다는 것을 보여주는 것 같은, 하찮음의 표본 같은 어른이다.

그런데도 레나는 무시하기는커녕 기쁜 미소를 지었다.

자신은 그저 혹처럼 달린 위험이 아니라 필요한 존재이며, 그 역할을 다하고 있다는 칭찬을 받는 것 같은 얼굴이었다.

그렇다면 이대로가 좋지 않겠느냐고 두 눈은 말하고 있었다.

그래. 나만 생각한다면 이대로가 제일 좋다.

"그렇게 아무 생산성 없던 히키코모리 니트인 넌 자택 경비원으로서 충분히 성장했다. 대인공포 말더듬증이라는 이름까지 붙였던 증상 따위는 조금도 찾아볼 수 없지. 지금이라면 현실에서 다시 시작할 수 있지 않을까?"

하지만 진정으로 레나를 생각한다면 이런 길도 있다는 것을 보여줘야 한다.

"물론 망할 부모의 곁으로 다시 돌아가라는 말은 아니야. 외부적인 내용은 가미에게 상담해야겠지만, 언니 곁에 가는 것도 하나의 선택지가 되지 않을까?"

본래 레나에게 그것은 논외였다. 그렇기 때문에 레나는 내게로 도망쳐 온 것이다.

하지만 상황이 전과 달라졌다.

"언니도 이번 일로 깨달았을 거야. 상냥하게는 대해왔지만, 어리광을 받아주지 않은 결과가 이거라는 걸. 그 실패를 반성하고 지금이라면 제대로 이야기를 들어줄지도 몰라. 평생 사회에 나가고 싶지 않다, 뭐 이런 터무니없는 부탁까진 허락해 주지 않겠지만. 고등학교 다니는 게 어렵다면 제대로 협상해봐. 무능한 배움터에 가는 건 정말 시간 낭비라고. 어차피 난 신동이라고."

탁상의 노트북에 손을 얹었다.

"본심을 드러내기 어렵다면 그 손으로 근성을 보여줘. 얼굴을 마주칠 필요도 없어. 매일 나랑 하는 걸 언니랑 하기만 하면 돼. 그렇게 후미노 카에데로서의 거짓 없는 마음을 알려주는 거야."

무르지만은 않은 상냥한 언니. 레나는 지금까지 일방통

행의 상냥함에 대해 무어라 말하지 않고 말없이 고개를 숙여오기만 했을 것이다.

진심을 말로 꺼내 자기 의견을 주장할 능력이 없었기 때문이다. 태풍이 지나가기를 기다리며 그 다정함을 계속 지나쳐왔다.

그렇다면 그 토대를 바꾸면 된다.

자신의 특기 분야에서 본심을 부딪치면 된다.

거짓 없는 마음을 입 밖에 낼 수 없다면 글자로 전하면 된다.

상대가 막장 같은 부모라면 그런 짓을 해도 무의미할 수도 있다.

다만 여동생을 생각하는 상냥한 언니라면, 분명 그 형태로 마주하기 위해 노력할 것이다. 모든 것을 받아들일 수는 없더라도, 양보나 절충안은 끌어낼 수 있을 것이다. 그 뒤는 신동의 협상 능력에 달려 있겠지.

"지금의 너는 한 명의 어른을 타락시킨 무능 인간 제조기야. 앞으로의 처우 교섭 중에 언니를 끌어들여. 너 없이는 살 수 없을 정도의 무능 인간으로 만들어 버리는 거야. 그러면 더 좋은 조건을 끌어낼 수 있겠지."

레나는 그야말로 최강의 자택 경비원이다.

"지금의 너에게는 그럴 힘이 있어. 내가 그 산증인이다."

한번 무능 인간으로 전락한 지금, 버림받는 최후를 맞이

한다면 기다리고 있을 미래는 한심할 것이다. 솔직히 레나가 사라질 때를 맞이하는 데 두려움마저 느끼고 있다.

이 호러 하우스에서의 편안하기만 한 나날과 비교하면, 언니의 다정함 가득한 생활은 힘들지도 모른다. 하지만 언니와 공감을 끌어낼 수만 있다면 분명 멋진 미래가 기다리고 있을 것이다.

중요한 것은 상냥함과 달콤함의 균형이다.

내가 주는 달콤함은 찬란한 미래를 빼앗을 것이다. 미래를 생각해가며 베푸는 상냥함으로는 그 손을 끌어줄 수가 없다.

결국 내가 할 수 있는 건 이런 미래가 있다고 제시하는 것뿐이다. 편안하고 즐거운 곳에만 안주했던, 자신의 리스크 관리를 실패한, 보잘것없는 상냥함을 주는 것이 고작이다.

"나는 신경 쓰지 말고."

예전에 인생이 끝났다고 말했던 소녀를 향해,

"이걸 안 상황에서 넌 어떻게 하고 싶어?"

아직 미래에 가능성이 있다고 말해주었다.

지난 반년 가까이 레나와 보낸 날들은 너무나도 즐거웠다. 너무 편안해서 그만 애정 같은 것을 느껴버릴 정도로.

그러나 이것은 이성을 향한 진정한 애정이나 사랑이 아니다. 이기적인 이기심에서 나온 자기애다. 레나의 불행을 이용해 자신의 행복을 채우고 있을 뿐이다. 나는 그 미래를 열어줄 수 없으니 어쩔 수 없다며 안주한 것뿐이다.

하지만 앞이 캄캄하다고 생각했던 그 미래가 열렸다면, 그것을 보지 못한 척할 수는 없었다. 끝났다고 생각했던 삶에 가능성이 열린다면 그 미래를 선택해야 한다.

그런 미래에서 행복했으면 좋겠다.

왜곡된 자기애에서 나온 것이든 뭐든, 그 정도로는 레나를 아끼고 있었다.

레나에게는 성실하고 싶다고 생각했기에, 열린 미래를 내 선택으로 없애는 짓은 할 수 없었다.

이런 상냥함을 보여주는데 굳이 각오까지 해야 한다니. 내 자신이지만 한심한 어른이다.

"선배."

내가 내민 열린 미래에 대한 가능성.

어떻게 하고 싶냐는 질문을 받고 나서 대답하기까지 흐른 시간은 10초도 채 되지 않았다.

레나는 올바르게 그것을 이해한 뒤,

"저는 돌아가고 싶지 않아요."

딱 잘라 말했다.

"후미노 카에데로 돌아가고 싶지 않아요."

자기 뜻을 확고히 드러낸 것이다.

"앞으로도 이 장소에서 일섬십계 레나팔트 그대로 있게 해주세요."

새삼스럽게 열린 미래에 대한 가능성 따위 원치 않는다고 레나는 호소했다.

그녀의 눈동자에 연약함은 한 톨도 없었다.

이것은 도망치는 것도 아니고, 각오가 서지 않은 것도 아니다. 진심 어린 속마음이라는 것쯤은 짐작할 수 있었다.

"최후통첩이야. 이게 인생 선배 나름대로 너를 생각해서 보여줄 수 있는 상냥함이다."

그래서 나 또한 마지막의 상냥함을 보여주기로 했다.

"분명히 말할게. 레일에 올라탄 인생 따위 엿이나 먹으라지! 난 사회의 규칙이나 도덕성을 짓밟고 레일에서 벗어나 편하게 살고 싶어! 레일을 달리는 놈들을 손가락질하며 필사적으로 잘들 산다면서 구름 위에서 비웃고 싶다고."

보기 흉할 정도의 소망을 자조적으로 꺼냈다.

"하지만 위험을 감수할 각오가 없으니까, 그걸 못하니까 밑바닥 가도를 이렇게 계속 달리고 있는 거야. 향상심도 없지만, 상벌도 없지. 마지못해, 울며 겨자 먹기로, 레일 위에서 푼돈을 벌어가면서. 뭐 이 정도면 생활은 유지할 수 있겠지."

장래에 빛나는 가능성 따위는 바랄 수 없다.

작은 사고나 재해 하나로도 금방 무너져 내릴 수 있는 연약한 지반.

지금의 위치를 잃었을 때 아래로는 떨어질 수 있지만,

위로는 결코 올라갈 수 없다.

"이게 레일을 벗어나진 않았지만 제대로 쌓아오지 못한 인간의 말로다."

성실하게 살지 않았다고, 필사적으로 하지 않은 탓이라고 손가락질을 받을 일이다.

나도 자각하는, 엄연한 사실이다.

"하지만 사회 통과 의례를 게을리한 놈은 더 비참하지. 레일 위에 올라가려고 해도 지금까지 너는 뭘 해왔냐면서 비난해. 새삼스레 돌아가 봤자 군이 발판이 되려고 온 거냐며, 밑바닥 인생이라며 비웃음이나 당하지. 귀찮고, 늘어지고, 괴롭고, 비참한 생각을 해야 할 정도로 이 사회는 가차 없어."

레일에서 벗어난 인생의 무서움을 들이댔다.

"앞뒤 생각하지 않고 즐거운 일만 했다면 미래에서 대가를 치르게 되지. 그게 빌어먹을 사회에서 살아간다는 거야. 만약 내가 레일을 벗어나면 난 두 번 다시 기어오르지 못하겠지."

꼴사납지만 진심이 담긴 속마음을 토로했다.

"그런 미래에 대한 불안감을 끌어안고, 지금까지처럼 해나갈 수 있을까? 두렵지 않아? 지금까지처럼 변함없이 즐거운 것만 쫓을 수 있겠어?"

모두 열심히 살고 있다는 허울뿐인 소리는 하지 않았다.

적어도 나는 열심히 살지 않는 사람이기 때문이다.

자신의 노력 부족을 제쳐두고 사회를 삐딱하게 바라보는 모습은 어디에 내놓아도 부끄러운, 한심한 어른 그 자체다.

그래도 나는 현실을 현실 그대로 직시하지 못할 정도로 어리석은 장님은 아니다. 편안함에 안주하고 미래를 외면하는 인간일지라도 처한 현실을 받아들이지 않고 두 귀를 막고 나는 나쁘지 않아, 사회가 나쁜 거라고 외치는 질 나쁜 어른은 아니다.

현실을 직시하고 받아들인 뒤 '사회는 쓰레기다!'라고 외치는 한심한 어른일 뿐이다.

그런 어른의 모습을 뻔뻔스럽게 보여주었다.

이렇게 되고 싶지 않잖아? 너는 아직 늦지 않았어.

"무섭지 않아요."

하지만 그녀의 생각은 뒤집히지 않았다.

"어차피 미래 따위는 조금도 생각하지 않으니까요."

나의 후배답게 한심한 미래를 향해 당당히 미소 지어 보인다.

그 뜻은 흔들리지 않았다.

부모로부터도, 현실에서도, 그리고 언니에게서도 지금까지처럼 눈을 돌리고 도피한다. 빛나는 미래를 소비하며 편안하고 즐겁기만 한 내일만을 원하는 것이다.

이것이야말로 후미노 카에데의 본심에서 나온 대답. 그 선택이었다.

"일섬십계 레나팔트!"

고함치듯 외친 소리에 레나가 흠칫 놀랐다.

"너의 자택 경비원 고용은 오늘부로 정규직으로 격상이다!"

더는 되돌릴 수 없다고 결정 사항을 전했다.

"알고 있을 거라 생각하지만 우리 회사엔 복리 후생 따윈 없다. 명실상부 어엿한 블랙기업이니까. 사원의 인생을 책임질 생각은 없다. 오히려 나는 직원들의 미래와 보람을 착취하는 쓰레기 사장이다. 이 일을 노동국에 들킨다면 도산만으로는 끝나지 않겠지. 당장에 연행이다. 그런 쓰레기 같은 사장 밑에서 근로 계약을 하는 거야. 그렇게 되면 너도 무사히 끝나진 않을 거다."

쓰레기 같은 고용 개요.

심각할 정도로 한심한 내용에 레나는 눈을 동그랗게 떴다

다음 순간 그녀가 보여준 것은,

"……후후."

참지 못하고 흘러나온 미소였다. 그야말로 '바라던 바다'라고 말하듯이.

내가 보여줄 수 있는 문제와 대답. 그 모든 것을 도마 위에 올렸다.

하지만 레나는 지금 그대로를 원했다.

한심한 이 길을 택했다.

그래서 나도 다음 각오를 다진 것이다.

"그러니까 레나. 추락할 때는 함께 추락하는 거야."

레나가 그렇게 결정했다면 어쩔 수 없다고.

"정말이지 너도 재난이네. 이런 한심한 어른한테 걸리다니. 신동의 미래도 끝장이군."

"어쩔 수 없어요. 왜냐하면 저는 한심한 아이니까요."

그렇게 무너진 미래가 약속된 신동을 불쌍히 여기자 레나가 재밌다는 듯 웃었다.

이 미래를 원했던 이유는 확실히 의존심이다. 도망친 이 세계에서 모든 것을 결론짓는다. 맹목적으로 편안하고 즐겁기 때문에 생겨난 감정이다.

그 생각이 아무리 비대해져도 사회가 보여주는 진정한 애정이나 사랑은 될 수 없다. 그러니 이런 귀여운 여자에게 사랑받고 있다고 자만할 생각은 없다. 그것을 자각한 상태에서 지금까지처럼 편안함에 안주한다. 흘러가는 대로 앞을 향해 나아간다.

한심한 어른의 방침이다.

이번에는 거기에 한 가지가 더 얹어졌다.

새로운 각오를 다진 것이다.

그것은 금단의 열매를 입에 넣고자 스스로 따낸다는 것

인가?

아니다. 그 일에 관해서는 앞으로도 수동적인 자세를 유지할 것이다. 책임 소재는 언제라도 남에게 떠넘긴다. 그것이 나의 처세술이자 삶의 방식이다. 이후 상대가 먼저 요구한다면 두 사람은 맺어지고 해피엔딩, 이라는 결말도 나쁘지는 않았다.

그럼 리스크가 폭발했을 때 잠자코 벌을 받아들이겠다는 각오인가? 아니다. 내 얼굴과 실명이 안방에 데뷔하고 인터넷에서 온갖 욕을 먹는 인터넷의 장난감이 되어 굴러다닐 마음은 조금도 없다.

그럼 무슨 각오를 다졌느냐고 묻는다면 여차하면 친구를 의지한다, 그런 각오를 다졌을 뿐이다.

힘들고 괴로울 뿐인 날들이라니 사양이다. 그렇다고 인생을 스스로 로그아웃할 용기도 없다.

한심한 그런 내가 벌을 받고 사회에서 내몰렸을 때, 가미가 언제든지 편안하게 보내줄 것이다. 훌륭한 우정에 건배다.

"감사합니다, 선배."

우리는 즐거운 채로는 끝나지 않는다.

쌓인 문제가 산더미다. 오히려 문제밖에 쌓여 있지 않다.

사고, 부상, 질병 등 뜻밖의 불행이 언제 떨어져 내릴지 모른다. 그렇게 되면 한방에 아웃이다.

오늘까지는 아무 일도 없었지만, 앞으로의 일은 알 수 없다.

문제라는 상자가 드디어 열리고 말았다.

그 앞에서 언젠가 나는 재앙에 휩쓸려 버릴지도 모른다.

어쩌면 그 밑바닥에 미래에 대한 희망이 남아 있을 가능성도 있다.

"부디 이런 저와——."

예측 불가능한 미래에 대해 가슴속에 떠오른 생각은 단 하나.

"함께 추락해 주세요."

뭐, 어떻게든 되겠지.

낙관적인 평소의 그것이었다.

제2화 맹목성 편집광의 사랑①

현재 나는 새로운 사랑을 하고 있다.

어느 날 뜻밖의 일로 친구에서 좋아하는 사람으로 바뀐 것이 아니다. 그렇다고 불량아가 버려진 고양이를 챙겨준다는 식의 갭에 마음이 흔들린 것도 아니었다.

사랑에 빠지는 순간이라는 것은 예보로 대비할 수 있는 폭풍이 아니다. 비 오는 날 우산 위로 쏟아지는 낙뢰다.

평소 조심해도 어쩔 수 없는, 그런 목숨이 위태로운 방심 속에서,

"앗."

물리적으로 떨어질 뻔했을 때 찾아오는 것이다.

내려가는 계단에서 바쁘게 지나가던 사람과 어깨가 부딪혔을 때.

중심을 잃고 굴러떨어질 뻔한 순간, 그의 손길에 이 팔이 붙잡힌 것이다.

나 대신 굴러떨어지는, 직장인들이 자주 들고 다니는 가방. 석양을 등에 업은 그 사람은 난간을 움켜쥔 채 떨어질 뻔한 나를 붙잡아주었다.

일면식조차 없는 나를 위해 순간적으로 가방을 내버리고 걱정스러운 눈빛을 보내는 구원자.

"괜찮아?"

타산 없는 그 모습에 그만 이 마음이 설레고 말았다.

나중에 돌이켜보면, 이 순간이야말로 몸 대신 마음이 떨어진 새로운 사랑의 시작이었다.

◆

"드디어 새로운 사랑을 발견했어!"

수험 공부에 쫓기느라 바빴던, 회색빛으로 가득 차 있던 고3의 나날들. 지옥 같은 한 해를 넘긴 끝에 도착한 것은 자유와 영광을 구가할 수 있는 반짝반짝 눈부신 대학 캠퍼스 라이프.

키노미야 마도카, 대학 1학년생 18세는 청춘에 쏙 빠져 있던 유일한 빛깔을 손에 넣은 것이다.

고등학교 2학년 이후 오랜만에 갖게 된 연심에 내 마음은 들떠 있었다.

대학 진학 때 함께 올라온 절친 후미노 모미지. 초중고 12년간 같은 학교에 다닌 사이. 대학에서는 따로 떨어져버렸지만 같은 맨션에서 지내고 있다.

처음에는 룸쉐어를 하자는 제안을 받았지만, 그건 거절했다. 모미지와 함께 사는 게 싫어서가 아니다. 오히려 즐거운 생활을 보낼 수 있다는 확신도 있다.

다만, 나는 사랑을 하면 직진인 여자. 즉, 연인이 생겼을 때의 일을 더 우선시한 것이다.

"너다운 생각이네."

솔직한 이유를 말하자 모미지는 그런 이유면 어쩔 수 없다고 웃음 지었다.

대신 서로 대학의 거리를 고려해 균형점에 있던 지금의 맨션을 선택했다. 같은 집은 아니지만 어떻게 보면 한 지붕 아래. 쉽게 오갈 수 있는 거리였다.

처음 부모 곁에서 뛰쳐나와 홋카이도에서 대도시로 왔다. 대부분의 교우 관계를 고향에 두고 왔기에 바로 옆에 절친이 산다는 것만으로도 상당히 든든했다.

그렇다고 늘 붙어 있는 것은 아니다. 새로운 환경에서 우리는 서로 다른 교우 관계를 키우며 나름대로 바쁜 대학 생활을 만끽하고 있었다.

고등학교 때까지는 이거 해라, 저거 해라, 그렇게 주어진 것만 해 나가면 그만이었다.

그런 점에서 대학생은 자유도가 지나치게 높았다. 일상의 변화는 자신의 선택에 의해 크게 좌우되며 삶의 행복과 만족도는 곧 남에게 전가할 수 없을 정도의 책임으로 직결되는 것이다.

게임을 좋아하는 친구는 그것을 마치 외길 RPG에서 샌드박스로 장르가 변경된 것 같다고 말했다.

샌드박스란 모래밭 놀이 같은 것이다. 정해진 놀이 방법이나 골은 없다. 준비된 틀과 도구를 주고 원하는 대로 노는 것이다.

다만 이곳은 현실. 규칙과 자유 제한이 있다. 그곳을 벗어나면 인정사정없이 사회라는 게임 마스터의 제재가 날아온다.

시간제한이 오기 전까지 쌓아 올린 세계. 그 세계를 바탕으로 자신의 사회적 지위나 소지품을 써서 새로운 스테이지에 도전해야만 한다. 그것이 끝없이 죽을 때까지 반복되는 것이 이 사회일지도 모른다고 했다.

교묘하지만 정확한 표현이다.

얼마 전 SNS에서 화제가 됐던 이야기가 떠올랐다.

머리가 좋고 모두와 똑같은 것을 할 수 있고 교사의 가르침을 성실하게 지킨다. 사교성은 다음 문제니까 그걸로 오케이, 그렇지?

머리가 나쁘면 모두와 다른 일만 하고 생각나는 대로 행동한다. 장점이 사교성만 있는 처치 곤란한 아이, 맞지?

학창 시절에는 전자만 평가되고 후자는 평가받지 못해.

하지만 사회에 나온 순간 그것이 반전되지.

머리는 좋지만, 남들과 똑같은 일밖에 하지 못한다. 들은 것밖에 할 수 없는 지시 대기형 인간. 사교성이 없어서 정말 골치 아프다, 그렇지?

머리가 좋진 않지만, 남들과 다른 것에 도전하고, 자기 판단으로 행동에 옮길 수 있으니 이노베이션이 일어난다. 그 실천력과 높은 사교성이야말로 이 사회가 요구하는 것이다.

정말이지 말은 하기 나름이다. 똑같은 일을 해왔을 텐데 이 차이는 대체 무엇이란 말인가.

대학은 그야말로 반(半)사회. 사회가 요구하는 것을 발휘하고 시연할 수 있는 장소다. 실패하더라도 사회인보다는 더 빠른 회복이 가능하다.

그래서 나는 자신의 판단, 의사, 선택을 중시하면서 학업은 적당히, 날마다 교우 관계를 넓혀가며 인생의 행복과 만족도를 충족시키는 나날을 보내왔다. 그야말로 눈부신 반짝반짝 대학 캠퍼스식 청춘을 한껏 구가 하는 것이다.

그런 나의 청춘에 결정적으로 부족한 것이 있었다.

바로 사랑이다.

자랑이지만 나는 예쁘다. 나 스스로 자각하고 있다. 내가 굳이 끈질기게 매달리지 않아도 얼마든지 남자들이 먼저 다가온다.

의사, 정치인, 사장, 자산가 등등. 교우 관계상 그러한 사회적 지위가 높은 부모를 둔 상대와의 만남조차 내게는 그저 일상일 뿐이다.

즉, 전부 다 비슷한 남자로밖에 보이지 않는다.

이래 봬도 나는 좋은 집안의 아가씨이기 때문에 금전적으로 불편을 겪은 적은 없다. 저것도 갖고 싶다, 이것도 갖고 싶다, 더 갖고 싶다고 할 만큼의 물욕이 없다.

그래서 나는 눈앞의 물욕에 이끌려 나를 헐값에 팔아본 적이 한 번도 없다. 관계를 맺었던 상대는 언제나 내가 먼저 반한, 내가 원했던 사랑이다.

하지만 애정과 사랑을 잃은 지도 벌써 2년이 지나려 하고 있었다.

그런데, 얼마 전 새로운 사랑에 빠지고 말았다.

잊으려 했던 사랑의 열정.

녹아내리는 듯한 감미로운 사랑.

그것들이 채워졌을 때의 행복에 생각하면 가슴이 뛰어서 참을 수가 없었다.

새로운 사랑을 얻은 기쁨을 절친인 모미지에게 전했더니,

"하아……."

나와는 대조적으로 떨떠름한 얼굴을 했다. 마치 입 안에서 벌레라도 씹은 것 같은 얼굴이었다.

길고 긴 한숨을 내쉰 모미지는,

"그래서 다음 희생자는 어떤 남자야?"

나의 새로운 사랑을 가차 없는 말투로 표현했다.

"윽……. 다음 희생자라니, 너무하잖아."

참으로 유감이다. 아무리 절친이라도 해도 되는 말과 안

되는 말이 있다.

"사실이 그런 걸 어떻게 해."

미간을 찌푸리고 입을 쭉 내밀며 호소해봤지만 모미지의 표정과 감상은 달라지지 않았다.

"본인의 사랑 편력을 잊으셨다면 상기시켜드릴까요?"

이런 상황이다.

나는 그 말에 이번에야말로 유감의 뜻을 전……하는 일 없이, 뒤통수를 맞은 사람처럼 흠칫 놀랐다.

결코 잊고 있던 건 아니지만, 과하게 들떠 있었다.

"첫사랑이던 선생님은 어떻게 됐지?"

나의 첫사랑은 초등학교 5학년이다.

상대는 초등학교 담임. 학교에서는 가장 멋있고 스포츠 만능의 상쾌한 남자였다. 그 선생님이 담임이라는 것만으로 다른 반 여자애들이 부러워할 정도로 누구나가 동경했다.

적극적인 여자들은 모두 꺅꺅대며 항상 선생님을 따라다녔다. 선생님은 그것을 굳이 제지하지 않고 요 녀석들~ 하면서 가볍게 상대해주었다.

그와 동시에 얌전한 여자아이들과 남자아이들도 소홀히 하지 않았다. 당시 선생님을 따르지 않는 아이는 없지 않았을까 싶을 정도였다.

학부모와 다른 선생님들의 신용도 두터웠고, 누구에게

나 인기가 많았다.

나는 첫 키스를 그 선생님께 바쳤다.

내가 틈을 노려 강제로 한 건 아니었다.

대놓고 말하자면, 그 선생님은 로리콘이었다.

"마도카는 특별하니까. 이건 비밀이다?"

그런 말을 듣고 우리는 밀월의 시간을 보냈다.

선생님의 애정, 그리고 그 믿음이 좋아서 "비밀이다?"라는 말에 힘차게 고개를 끄덕였다.

그러나 당시의 나는 초등학교 5학년. 이런 기쁜 비밀을 비밀로 할 수 있을 리가 없었다. 그 선생님의 특별함을 주변에 자랑하고 싶어서 참을 수 없었다.

일주일 뒤, 나는 일부 사이가 좋았던 다섯 명에게 그 비밀을 전했다. 그러자 그중 네 사람이 선생님의 '특별한 존재'였다는 것이 밝혀졌다. 졸지에 혼자 소외당한 가여운 아이를 넷이서 위로하는 상황이 되었다.

그 후로 여러 가지 일들이 있었지만, 결말만 얘기하겠다.

선생님은 어느 날 갑자기 직장을 그만두었다.

그 후 그를 본 적은 없었다.

엄마가 울면서 나를 껴안고는 "이제 다 괜찮단다" 하고 위로해주었다.

그런 아픈 과거를 정면에 들이댄 절친. 그 화살이 도중에 내려가는 일은 없었다.

"중2 때 사귄 고등학생이 다다른 결말은 또 어땠고?"

두 번째로 사랑에 빠졌을 때는 중학교 2학년 때. 상대는 고등학생이었다.

나는 그때부터 귀여웠다. 조금만 혼잡한 전철을 타면 치한의 눈에 드는 것은 자연스러운 귀결이었다.

딱 보기에도 여성들이 싫어하고 꺼릴 것 같은 기분 나쁜 중년 남자였다. 나는 공포에 떨면서도 당하고만 있었다. 마의 손길이 치마 위에서 속옷으로 뻗치려는 순간, 그의 악행이 저지됐다.

정의감 넘치는 고교생이 나를 치한으로부터 구해준 것이다.

주위의 협조를 얻어 치한은 붙잡혔고 곧 역무원에게 인계됐다.

구원자였던 그는 "무서웠지? 이제 괜찮아"라며 위로해 주었다.

사랑에 빠진 순간이었다.

답례하고 싶다는 핑계로 연락처를 교환하고, 대화를 거듭하며, 한 달 후에는 서로 좋아하는 관계에 이르렀다.

중학생이 보기에 고등학생은 한참이나 어른이었다. 심지어 그는 나를 마의 손길에서 구해준 영웅이었다. 나는 속절없이 빠져들었다. 그를 위해서라면 뭐든지 하고 싶었다. 당신과 어른의 계단을 오르고 싶다는 말조차 완곡하게 전달했을 정도였다.

휴일. 방에 방문한 나는 그와 밀월의 시간을 보냈다.

입술을 맞추며 혀의 맛을 알게 되고, 상체는 실오라기 하나 걸치지 않은 모습이 되었다. 이윽고 최종 방어 라인에 손을 뻗은 그 순간.

"밋군, 괜찮아? 간병하러——."

침입자가 방에 나타났다.

그와 쭉 함께 지내왔던 이웃. 온 가족과 교류가 있던 소꿉친구. 해외 출장으로 인해 혼자 사는 그의 부모에게 자택 열쇠를 맡아두고 있을 정도의 신뢰 관계.

요컨대 그는 양다리를 걸치고 있었다. 나는 바람 상대였다. 오늘은 열이 나서 몸 상태가 좋지 않다며 여친의 권유를 거절한 것 같았다.

소꿉친구 여친. 사과를 깎아주기 위해 칼을 들고 방을 열었는데, 때마침 어린 과실이 수확되려던 현장과 마주한 것이다.

그 후로 여러 가지 일들이 있었지만, 결말만 얘기하겠다.

고등학생인 그는 칼에 찔려 병원에 이송되었다.

보호를 받던 나는 경찰서에서 엄마와 재회했다. 그녀는 나를 끌어안고 "넌 나쁘지 않단다"라며 눈물과 함께 위로해왔다.

아프고 괴로운 과거를 떠올리게 하는 절친. 그러나 맹공은 아직 멈추지 않았다.

"중3 때 순결을 바쳤던 자칭 아티스트는 어떻게 됐더라?"

다음으로 사랑에 빠진 것은 1년 후. 동영상 투고 사이트에서 활약하던 인기 우타이테*였다.

요즘 시대 젊은이들은 TV에 나오는 아티스트보다 인터넷에서 활약하는 인기인에게서 가치를 찾는 경향이 있었다. 당시의 나도 예외는 아니었다. TV의 유행이 쇠락한 것과는 별개로, 다른 세계이면서도 훨씬 가까워서 손이 닿을 것 같은 사람들.

어린 나는 그 세계에 푹 빠져서 지하 아이돌을 쫓는 것에서 가치를 찾는 아이돌 덕후처럼 변해 있었다.

여러 우타이테들에게 빠져 있었던 나였지만, 그중 한 명이 같은 도시에 살고 있었다. 그리 가까이에 있었던 줄은 몰랐기에 나는 SNS에서 팬이라는 어필을 반복했다.

거듭 말하지만 나는 예쁘다. SNS에 사진을 올리면 물리적으로 이어지고 싶은 남자들의 열정에 노출되어 나날이 불쾌한 메시지가 쏟아질 정도다.

즉, 그 우타이테가 개인적인 메시지를 보내온 것은 당연한 귀결이었다.

짧은 대화 후 그가 메신저 앱을 알려주었다.

그때의 나는 마치 연예인에게 인정받은 것 같은 고양감

---

*일본의 아마추어 가수를 일컫는 말.

에 차 있었다. 직접 통화했을 때 들려온 근사하고 달콤한 속삭임. 귀는 감미로울 정도의 행복에 젖고 말았다.

깨달은 순간 나는 사랑에 빠져 있었다.

그리고 일주일 후 그와 직접 만나게 되었다

지금 생각해보면 딱히 대단한 얼굴도 아니고 멋있지도 않았다. 오히려 평균에도 못 미치는 얼굴이었다. 하지만 10살 이상의 어른인 그를 나는 맹목적으로 사랑했다. 이 두 눈에는 특수한 필터가 깔려 있었다.

노래방에서 바치는 러브송에 마음은 이미 폴 인 러브. 이 사람에게 모든 것을 바치고 함께 하고 싶었을 정도였다.

네 시간 후, 그것을 보여주듯 어른의 계단을 오르고 있었다.

"마도카, 우리 관계가 공개되면 더는 같이 있을 수 없어. 그러니까 비밀이다?"

라는 말을 듣고, "비밀이다?"라는 말에 힘차게 고개를 끄덕인 뒤 우리는 밀월의 시간을 보냈다.

당시의 나는 중학교 3학년. 비밀로 할 수 있을 리가 없었다. 그 인기 우타이테와 연인이 된 것이다. 이 기쁨을 자랑하고 싶어서 참을 수가 없었다.

사이가 좋았던 일부 20명에게만 그 비밀을 전했다. 그리고 그중 다섯 명이 그의 팬이었다.

그 후로 여러 가지 일들이 있었지만, 결말만 얘기하겠다.

인기 우타이테의 얼굴과 풀네임이 매스컴을 통해 지상파 데뷔를 이루었다.

질투한 팬 중 한 명이 우리를 스토킹해서 호텔로 들어가는 사진을 몰래 촬영해 잡지 편집자 가족에게 판 것이다.

경찰 조사를 받은 뒤 생전 처음으로 엄마에게 뺨을 맞았다.

눈을 가리고 싶어지는 과거를 파헤쳐오는 절친. 그리고 마지막 일격을 날려온다.

"고등학교 2학년 때 사귀었던 사회인도 있었지?"

고등학교 2학년 때, 나는 20살 연상의 엘리트 사회인과 사랑에 빠져 사귀고 있었다.

짧게 정리하자면, 그는 유부남이라는 사실이 발각되었다. 여러 가지 일들이 있었지만, 결말만 얘기하겠다.

그는 이혼했고, 직장에서도 쫓겨났고, 거액의 위자료 때문에 빚을 졌고, 모든 것을 잃었다.

나는 그의 아내에게 비밀리에 불려가 그녀에게 모든 것을 알려주었고, "넌 아무 잘못도 없어. 부모님께는 말하지 않을 테니 그 남자에 대해서는 잊으렴. 이 일은 아무에게도 말해서는 안 돼"라는 감사한 말까지 들었다.

하지만 이대로 잊고 혼자 안고 가기에는 너무 무거운 실연. 한 시간 뒤 절친 모미지를 불러내 모든 것을 폭로했다.

"그래도 상대방 부인이 좋은 사람이라서 다행이야."

라는 멘트로 마무리를 했더니,

"남편이 미성년자에게 손을 대서 이혼했다는 걸 세상에 알리고 싶지 않았던 거겠지. 아이가 있다면 더더욱 그럴 테고."

모미지의 말을 듣고 그런 건가 하고 납득했다.

흑역사.

그 말 이외에는 표현할 수 없는, 내 사랑의 편력. 그 모든 것을 오랜만에 얻어맞자 가슴이 욱신거리며 통증을 호소했다.

"네가 먼저 사랑을 하면 언제나 남자가 파멸을 맞이해. 상대가 한심한 짓을 했으니 자업자득이긴 하지만, 그런 사람들만 계속 걸려왔는걸. 아아, 또 시작이구나…… 하는 마음이 드는 내가 잔인한 걸까?"

찍소리도 하지 못할 만큼의 정론이었다.

요즘은 팩트 폭행이라는 괴상한 개념이 사회에 만연하게 되었다. 이런 말로 상대를 규탄하는 것은 바보들뿐이라고 생각했는데, 생각을 바꿔야겠다.

나는 지금 실시간으로 모미지에게 팩트 폭행을 당하고 있었다.

팩트 폭행 반대파에서 손바닥 뒤집듯이 바뀐 나에게,

"대학에 들어간 뒤에 지금 남자친구까지 몇 명째였더라?"

모미지가 갑자기 그런 일격을 날렸다.

"네 명. 아, 참고로 지금 남자친구는 사랑한 순간 헤어졌어."

"하아……."

지금까지 헤어진 남자친구의 수일까, 아니면 2주 전에 생긴 남자친구와의 이별일까. 어느 쪽을 향해 한숨을 쉬고 있는지 알 수 없는 대목이었다.

"그중에 키스까지 간 사람은 몇 명이야?"

"물론 0명이지."

"그렇다면 뜨거운 포옹은?"

"그것도 제로. 팔짱은커녕 손도 안 잡았으니까."

"이쪽에 온 뒤로 마도카는 행동이 가벼운 건지 무거운 건지 알 수가 없어."

씁쓸한 듯한 모미지의 얼굴은 바뀌지 않았다.

"남자를 마구 갈아치우는 것 같은데, 정작 손을 잡는 것조차 허락하지 않아. 그렇다고 뭔가를 바치는 것도 아니고 도도하게 구는 것도 아니야. 그건 네 사랑의 편력이 증명하고 있지. 넌 대체 뭘 하고 싶은 거야?"

"그야 물론 사랑이지, 사랑."

새삼스러운 질문이라는 듯 되받아쳤다.

"애초에 나는 갈아치우고 있는 게 아니야. 시험 삼아 연애를 하고 있을 뿐이지. 좋아할 수 없다는 걸 알면, 아니면 다른 곳에서 사랑을 찾으면 바로 헤어지기로 처음부터 합

의한 다음에 사귀는걸."

나는 예쁘다. 남자는 얼마든지 있다.

어차피 상대도 진심 어린 사랑으로 다가온 건 아니다. 잠시 나와 사귀어 보지 않겠냐. 그런 가벼운 권유에 나는 응한 것일 뿐. 일단 형태부터 잡고 시작한 뒤 사랑이라는 알맹이가 생기면 좋은 일이고, 안 생기면 바로 다른 사람을 찾으러 가는 것이다.

상대방도 상대방대로 그때는 잘 안 됐구나, 생각하고 바로 다른 상대를 찾는다. 불필요한 실랑이나 뒤끝이 남지 않도록 잘 처신하고 있다.

사실 그 누구와도 소원해지지 않고 불편해지지도 않는다. 처음부터 나에게 진심이 아니었다는 것을 알고 있다.

진짜 목적은 내 마음 따위가 아니다.

"남자들은 여자 몸을 무슨 보상 같은 걸로 착각하고 있다니까."

몸이다. 자기 취향의 예쁜 여자라면 누구라도 좋다.

"너를 위해 이렇게나 해줬잖아. 너를 위해 여기까지 노력했어. 자, 상을 줘! 그런 생각이 훤히 다 보인다고."

대부분 남자가 생각하는 연애의 착지점.

근본은 거의 성욕과 직결되어 있다. 수십 개의 베일을 휘감은 채 조금의 흑심도 느끼지 못하도록 한 뒤 한 장, 또 한 장씩 벗겨 나가면서 그곳으로 인도하는 남자의 욕망.

나는 그것을 악이라고 생각하지 않는다. 시작에 진정한 애정이나 사랑이 없었더라도, 그 뒤에 태어날지도 모른다. 맹목적으로 빠졌을 때 비로소 채워질 수 있는 삶의 행복과 만족도 분명 있을 것이다.

문제는 남자의 착지점이 너무 적나라해 금방 감정이 식는다는 데 있다.

그래, 이 얼굴이 취향이구나, 이 몸이 목적이구나, 라는 걸 알아차린 상황에서 맹목적으로 사랑에 빠지라는 것은 어려운 이야기다. 공사장 앞에서 이불을 깔고 잠을 자라는 것이나 마찬가지다.

"아니야. 나는 열심히 했다면서 보상을 내주고 싶은 게 아니야. 남자에게 사랑을 품고 싶어. 아아, 네가 너무너무 좋아서 못 참겠어! 하고 내가 채워질 수 있는 연애를 하고 싶다고."

나는 아무에게나 몸을 허락하는 헤픈 여자가 아니다. 그렇다고 해서 손을 잡는 것만으로 얼굴이 빨개지는 순진한 처녀도 아니다.

"키스하는 걸 허락하고 싶은 게 아니야. 키스를 하고 싶었으면 좋겠어. 내가 당신을 원한다고, 갖고 싶다고 말할 정도의 그런 연애를 하고 싶어."

이 몸에 닿는 걸 허락 하느니 마느니 하는 도도한 여자가 아니다. 그 몸에 닿을 수 있는 허락을 얻고 싶은 여자다.

"그러니까 스스로 보상이 될 수 있는 남자가 아니면 입술을 내주고 싶지 않을 뿐이야."

몇 번이고 반복하지만 나는 예쁘다. 자신의 높은 사회적 지위도 인식하고 있고 외모만으로도 1, 2단계 위의 스테이지에 있는 남자를 고를 수도 있다.

그렇다고 타산적으로 계산이 맞물리는 상대를 원하는 건 아니다. 상대가 크게 기울었으면 하는 것도 아니다. 단지 저울을 넘어서서 이 몸을 내주고 싶은, 그런 사랑을 원하는 것뿐이다.

지금까지의 사랑은 유감스럽게도 사회의 규칙이나 도덕 어느 하나가 어긋나 버린 탓에 보상받지 못하는 한때의 꿈처럼 물거품이 되고 말았다. 나중에 돌아봤을 때 흑역사라고 부를 만한 편력이 되고 말았다.

그런데도 맹목적인 사랑에 빠졌을 때의 달콤함을 알아 버린 이 몸은 사회가 보여주는 건전한 연애나 타산적인 연애는 견딜 수 없었다.

당신에게 모든 것을 바치고 싶다.

당신의 모든 것을 알고 싶다.

눈동자가 하트 마크가 될 정도의 사랑에 빠지고 싶을 뿐이었다.

"그래서, 드디어 보상을 내어줄 것 같은 남자를 찾았다는 거야?"

그래, 2년 만에 나는 사랑에 빠진 것이다.

그 사람 손에 이 뺨이 닿았으면 좋겠다. 입술을 맞추는 것을 허락했으면 좋겠다. 이 몸을 원해주기만 한다면 기쁨에 벅차올라 모든 것을 내어주고 싶었다.

두 손을 비비 꼬면서 천장을 바라보았다.

"……아아, 타마 씨. 그대는 지금 무엇을 하고 있나요?"

처음 만났을 때의 늠름한 얼굴을 떠올리면 소녀의 한숨밖에 나오지 않는다.

"타마 씨?"

"그 사람의 별명. 요즘 자주 가는 술집 마스터의 오랜 친구야. 마스터가 그렇게 부르니까 나도 따라 부르고 있어."

모미지의 의문에 주석을 덧붙이듯 대답했다. 이것을 잊는다면 고양이와 사랑에 빠졌다고 착각할지도 모른다.

의아한 얼굴로 모미지는 빤히 이쪽 눈을 바라보았다.

그렇게 10초가 지났을 때쯤.

"상대는 또 사회인? 애인은 없어? 부인은? 사실 이혼하고 아이가 있다던가?"

어차피 함정이 있겠지 하고 모미지는 연달아 가능성을 제기한다.

"홋. 이번 상대는 말이지, 사회적 장애는 일절 없어."

"그럼 프리터라든가? 아니면 니트 같은 건가?"

곧바로 쉬지 않고 모미지는 실패할 만한 요소를 입에 올렸다. 내 사랑의 편력을 감안할 때 제대로 된 사람이라는 믿음이 없는 것이다.

"멀쩡히 회사에 다니는 사람이야. 영업직도 아닌데 정장도 지저분하지 않고 늘 와이셔츠에 각이 잡혀 있는, 그야말로 이상적인 사회인의 표본이지."

"친가에 눌러사는 마마보이일 가능성이 생겼네. 결혼한 뒤에 문제가 생기는 패턴이잖아."

끊임없이 비관적인 가능성을 찾아낸다.

"집에서 독립해 혼자 살고 있어. 사회인으로서 몸가짐과 청결감만은 중요하게 생각하고 있대."

"그런 것만 챙기고 여자한테는 헤픈 걸지도?"

내가 사랑에 빠진 상대이니 반드시 어딘가 문제가 있을 것이라고 모미지는 확신하는 모양이었다.

"정말 의심이 많네. 질 낮은 성희롱도 안 하고 곁눈질로 가슴이나 다리를 힐끔거리는 사람도 아냐. 내가 은근슬쩍 연락처를 따내려고 했는데, 전혀 반응이 없었다니까."

"마스터의 오랜 친구라고 했지? ……과연. 이번에는 중년남에 꽂힌 건가."

"나이 차이가 좀 있기는 한데, 그래도 10살을 넘지는 않아. 그 정도는 지금까지 내 흑역사를 생각하면 귀여운 편이지?"

"……정말 제대로 된 사람이라고?"

모미지는 믿을 수 없는 것을 보는 듯한 눈빛으로 경악하고 있었다.

무례한 반응이라고는 생각하지 않는다. 절친 나름대로 자신을 걱정해주는 것이다. 내 사랑의 편력, 흑역사는 그 정도로 한심스러웠다.

"제대로 된 사람이야. 다섯 번째가 되어서야 난 사회의 규칙과 도덕성, 어느 것에도 어긋나지 않는 제대로 된 사랑을 얻은 거라고."

겉으로 보기에도 나무랄 데 없는 사랑.

관련 없는 외부 사람들만 사회적 위상을 저울질하며 시끄럽게 굴어댈 정도의 사랑이다. 법의 강제집행 능력으로 헤어질 염려도 없다. 본인들만 행복하면 그만이다.

사회가 보여주는 제대로 된 사랑을 나는 손에 넣은 것이다.

"그렇게까지 말하니까 궁금하네. 그런 멀쩡한 상대한테 어떻게 네가 사랑에 빠진 거지?"

"그건 정말 운명 같은 만남이었어."

나는 두 손을 맞잡으면서 근사했던 만남을 떠올렸다.

◆

거듭 말하지만 나는 예쁘다. 다만 키노미야 마도카의

매력은 외모에서 그치지 않고 내면에도 주목해 주었으면 한다.

내숭쟁이도 아니거니와 첫 번째가 아니면 싫다고 고집 부리는 공주도 아니다. 교우 관계를 쌓을 때 계산적으로 굴긴 하지만 아무 생각도 하지 않는 뇌순녀보다는 훨씬 낫다. 남을 치켜세워주는 그 모습에서 인위적인 교태나 아부가 느껴지지 않는 것이다.

평소 이성 이상으로 동성에 대한 배려를 아끼지 않는다.

적으로 돌리면 가장 무서운 것은 같은 여자. 그걸 중학교 3학년 때 진저리날 정도로 깨달았다. 설령 누군가에게 말하고 싶어지는 자랑거리도 가슴속에 간직하는 편이 낫다는 것을 배웠다.

스스로 예쁘다는 어필은 굳이 하지 않지만, 너무 부정해도 좋지 않다. 그런 부분은 잘 계산해서 행동하고 있다.

교우 관계에서 그러한 일들을 능숙하게 해낸 결과 동성과의 관계도 좋고 연상에게는 귀염받는 입지를 차지했다.

술맛에 익숙해지기 시작했고, 고급스러운 가게에도 익숙해졌고, 교우 관계도 충분히 쌓아왔고, 많은 것들이 여러모로 익숙해지기 시작했을 무렵.

카리스마 넘치는 카스가 씨 주최의 단골 가게 순회.

그 모임은 남녀 반반. 하지만 결코 화려한 모임은 아니다.

무대는 골목길 감성이 넘치는 주점가. 선술집이라는 곳

을 돌아다니는 것이다. 많아도 두 잔 정도만 비우면 다음 가게로 바꾸면서 돌아다니고 있었다.

그렇게 돌아다니는 동안 내가 중도 탈락하지 않았던 것은 본인의 허용량을 잘 파악하고 있다는 점도 있었지만, 카스가 씨를 믿고 있기 때문이기도 했다. 무슨 일이 생기더라도 남자들이 손가락 하나 건들지 못하게 할 테니 안심하고 의지해라, 라고 말해준 것이다.

카스가 씨가 만약 남자였다면 나는 속수무책으로 사랑에 빠져버렸을지도 모른다. 그만큼 처신이 훌륭한 여성이었다.

돌고 도는 골목길 감성 넘치는 가게 순례. 그 마지막 역. 카스가 씨가 나와 오붓한 시간을 보내고 싶다며 남자들을 전부 돌려보낸 뒤에 당도한 곳이다.

세월의 냄새가 물씬 풍기던 지금까지와는 정반대의 분위기를 가진 아담한 그 가게는 카운터 자리뿐이었다. 조명은 살짝 어둑해서 조금 전처럼 시끌벅적한 대화를 나누는 것은 조금 꺼려졌다.

바에 발을 들여놓은 것은 처음이 아니다. 남자들이 에둘러서 상을 달라고 조를 때, 2차 이후에 자주 끌려오는 곳이다.

그러니 딱히 기가 죽지도 않았고 신기하지도 않았다.

평소와 다른 게 있다면 맞이해준 사람이 아름다운 미녀

한 명이었다는 점. 잡지 모델 같은 몸매에 기품 있는 외모. 가게 마담이라고 부르기엔 죄송스러울 정도로 젊지만, 학생으로 보일 정도로 어린 나이도 아니다. 어른 여성이라고 부를 수 있는 묘령의 미인이었다.

카스가 씨는 그 여자를 마스터라고 부르며 다정하게 말을 나눴다. 대등한 것은 아니지만 그렇다고 지나치게 겸손하게 굴지도 않는다. 내가 카스가 씨를 따르듯이, 존경하는 연상을 존중하는 모습이었다.

여자 셋이 모이면 접시가 깨진다지만, 그럴 일 없이 차분한 대화를 나누며 분위기는 조용히 달아올랐다.

다음 날 아침 눈을 뜨자 낯선 천장. 옆에는 카스가 씨의 모습이.

아무래도 카스가 씨와 함께 잠든 것 같았다. 물론 둘 다 여자였기에 아무 일도 없었고, 내가 겪은 것은 괴로울 정도의 숙취뿐이었다. 화장실과 친구가 된, 남자 앞에서는 보여줄 수 없는 추태. 괴로움에 시달리는 꼴사나운 모습을 카스가 씨의 동생 앞에서 보여 버리고 말았다.

그것은 또 다른 이야기. 영원히 말하지 않을 이야기였다.

누가 봐도 즐거워 보이는 반짝반짝 빛나는 대학 캠퍼스 라이프를 보내고 있지만, 이래 봬도 마음고생은 많았다. 모든 고민은 인간관계에서 비롯된 것이라는 아들러 씨의 유명한 격언처럼, 교우 관계를 넓히고 유지해 나가는 것은 마냥 즐거운 일은 아니다. 내뿜고 싶은 독이 진흙처럼 가슴속에 쌓여가는 것이다.

가장 아끼는 우정은 모미지였다. 가끔 불평하는 경우라면 그나마 낫지만 만날 때마다 득도 안 되는 독을 계속 뱉어내면 듣는 쪽의 마음도 우울해진다. 나는 절친을 욕받이 쓰레기통으로 만들 정도로 의리 없는 여자는 아니었다.

그렇다고 쌓인 그 푸념을 도쿄에서 구축한 교우 관계에 쏟아낼 수도 없었다. 무심코 흘린 발언이 어떤 형태로 관계자의 귀에 들어갈지 모른다.

여자 입의 가벼움 만큼 믿을 수 없는 것은 없다. 다시 말하지만, 여자 입의 가벼움 만큼 믿을 수 없는 것은 없다. 그것은 과거의 경험들이 증명해주고 있다.

그 결과, 마스터의 신봉자가 되어 버린 것은 필연이었는지도 모른다.

경청의 대가라고 할까, 내고 빼는 것에 능숙했다. 취기 상당했다고는 하나 카스가 씨 앞에서 내 사랑의 편력이 중학교 2학년 편까지 회자되고 만 것이다.

충동적으로 혼자 다시 방문하자 그녀는 나를 기억하고 있었고, 두 번째에서 모든 흑역사를 쏟아내고 말았다.

술이라고 하는 윤활유가 있다고 해도 여기까지 말할 생각은 없었는데…… 하는 것까지 말해 버린다. 마스터의 인생 경험이 녹아난 기술인 걸까. 앞으로 10년 안에 이 경지에 도달할 수 있느냐고 묻는다면 나로서는 무리라고 단언할 수 있었다.

마스터와의 대화는 기분 좋은 시간이었고, 아무런 걱정 없이 계속 푸념을 쏟아낼 수 있었다. 마스터도 웃으며 들어주었고, 인생의 선배로서 생각지도 못한, 신세계나 다름없는 신탁을 내려주었다.

그렇게 일주일에 한 번꼴로 들르다가 쿠루미라는 별명을 얻게 되었다. 성씨인 키노미야*에서 따온 것으로, 적당한 별명임에도 불구하고 특별 대우를 받는 것 같아 기뻤다.

마음속의 이야기를 쉽게 끌어내는 어른의 매력. 만약 마스터가 남성이었다면 지금쯤 완전히 속절없는 사랑의 열병에 빠지고 말았을 것이다. 그만큼 마스터는 다른 어른들과는 차원이 달랐다.

그렇게 나는 완전히 가게의 단골이 되었고, 시간은 거슬러 2주 전으로 거슬러 올라간다.

마스터의 가게에 방문할 때는 체인 샌드위치 가게의 샐러드로 저녁을 해결하는 것이 루틴이 되어 있었다. 그 가게를 좋아하는 것도 아니고 채식주의인 것도 아니다. 적당한 음식으로 배를 가볍게 채울 수 있기 때문이었다.

그럼 왜 배를 채우는가. 그것은 마스터의 조언이다. 빈속에 술을 넣으면 금방 취기가 도니, 가볍게라도 좋으니

*来宮는 쿠루미로도 읽을 수 있다.

간단히 뭔가를 먹고 오는 게 좋다고 했다. 꼴사납게 취하는 사태를 예방하기 위한 대책인 셈이다.

그날도 우선은 샐러드를 먹기 위해 발걸음을 옮기고 있었다.

퇴근 러시 시간대여서 행인들의 발걸음은 분주했다.

전철을 한 대 놓치는 순간 돌이킬 수 없는 재난이 들이닥친다. 거리의 혼잡은 마치 그런 예언이라도 믿고 도망치는 사람들처럼 부산스러웠다.

육교를 내려가는 나는 그런 예언을 듣지 못했다. 떨어지는 석양처럼 시간에 쫓기지 않고 느긋하게 한발 한발 내디뎠다.

바쁜 이 거리는 그런 느긋함을 용서하지 못한 것일까.

시간이라는 재난에 등을 떠밀린 자가 계단을 뛰어 올라왔다. 나는 가장자리에 붙어 있었음에도 불구하고 거침없이 중앙을 가로지른 그 어깨에 부딪히고 만 것이다.

한 걸음 내딛으려던 타이밍에 갑자기 덮쳐온 충격. 밀려든 힘에 그대로 뒤로 쓰러질 뻔했다. 한쪽 발로 간신히 지탱하면서도 균형을 유지하기 위해 체중을 크게 앞으로 기울였다.

"앗."

기울어버린 자세 그대로 몸이 앞으로 넘어갔다.

내려가는 계단 끝으로 굴러떨어지는 미래가 뇌리를 스

쳤다.

그리고 그것은 처참하게 굴러떨어졌다. 계단에 몇 번이나 부딪치면서도 종착점까지 멈추지 않는다. 마지막에는 콘크리트에 부딪히며 그 회전은 끝을 맞이했다. 그것은 조금도 움직이지 않았다.

그도 그럴 것이, 무기물이니까. 직장인들이 자주 들고 다니는 가방이니까.

얼이 나간 상태에서도 느껴지는, 팔을 잡고 있는 강한 힘. 가방의 앞날을 지켜본 나는 팔이 잡힌 쪽을 뒤돌아보았다.

"괜찮아?"

내 몸을 걱정해주는 말이 들려왔다.

팔에 느껴지는 힘은, 이 몸을 잡아 멈춘 손. 다른 한쪽은 난간을 움켜쥐고 있었다. 그중 하나의 손이 가방을 내던진 것이다.

황금빛으로 그을린 하늘. 그것을 등에 업은 모습은 마치 후광이 비치는 것처럼 눈부셨다.

쿵 하고 심장이 크게 요동쳤다.

몸의 무사함에 안도한 것이 아니다. 그렇다면 이 가슴의 두근거림은 도대체 무슨 원인으로 야기된 것일까. 그 생각과 마주할 시간이 지금은 없었다.

"가, 감사합니다……."

자세를 바로잡자마자 건네야 할 감사를 먼저 전했다.

정말이지 간발의 차이. 구원자는 생각할 새도 없이 손을 뻗어준 것 같았다. 나 이상으로 내 몸이 무사하다는 것에 안심하고 있다.

여기는 계단. 오래 있으면 방해가 된다.

떨어진 가방을 따라 내려가 행인에게 방해가 되지 않는 장소로 이동해.

"정말, 감사합니다."

깊이 고개를 숙였다.

"저, 가방이⋯⋯."

나 대신 희생된 희생양에 눈을 돌렸다.

이번 일은 나의 부주의로 일어난 일은 아니다. 하지만 생면부지의 남을 돕기 위해 순간적으로 가방을 내던져버린 것이다. 나도 미안한 마음을 느끼는 기본적인 예의 정도는 갖추고 있었다.

"아아, 괜찮아. 신경 쓰지 마. 어차피 싸구려야."

구원자는 아무렇지도 않다는 듯 가방을 두드려 묻은 것을 털어냈다.

그때서야 비로소 구원자의 모습을 찬찬히 바라볼 수 있었다.

사회인. 그 외의 말로는 표현할 길이 없는 정장 차림의 20대 남성이다. 그 외모에 별다른 특징은 찾아볼 수 없었지만 어디에 내놓아도 부끄럽지 않은 청결감 넘치는 옷차림,

그 자체로 좋은 인상을 주고 있었다.

특히 눈에 띄는 것은 사회인의 장비. 비싼 명품은 아니지만, 세탁소에 맡긴 것처럼 각이 잡혀 있었다. 오늘만 특별한 것일까, 아니면 늘 이런 것일까. 만약 후자라면 절대적으로 칭찬받을 만한 일이었다.

아무튼, 누가 보기에도 예쁜 나는 마치 드라마 같은 전개로 도움을 받고 말았다.

예쁘다는 말은 인사처럼 들어서 익숙하지만, 이 상황에서 곧바로,

"예쁜 여자애가 다치는 게 훨씬 더 큰 문제니까."

아무리 진부하더라도 이런 대사를 자연스럽게 건네온다면 속절없이 사랑에 푹 빠져버리고 말 것이다.

하지만 사랑에 빠지는 대사는 들려오지 않았다.

"그럼 조심해."

구원자는 깔끔하게 떠나버린 것이다.

드라마 같은 전개. 여주인공처럼 예쁜 아이를 도와주면서도 흑심을 갖지 않고 다음 인연을 맺으려 하지 않는다.

정말로 당연한 일을 했다는 듯이.

그렇게 말하는 등에 이 가슴은 크게 뛰고 말았다.

뺨이 열이 오른 것이 느껴졌다. 붉게 물들어 있겠지만 그건 노을 때문만은 아닐 것이다.

정말이지 완벽한 로맨스 드라마였다.

"앗."

계단에서 떨어질 뻔했을 때의 소리가 새 나왔다.

이 몸 대신 떨어진 것이 무엇인지 알아차렸기 때문이었다.

사랑이다.

2년 만에 찾아온 연심이 이 가슴을 채우고 있었다.

이미 잊고 싶었던 사랑의 열정, 그 달콤함. 이뤄졌을 때의 행복. 그것을 생각하자 가슴이 뛰고 말았다.

그러나 실수했다는 것을 깨닫고 말았다.

사랑의 여운에 젖어 한 발짝도 움직이지 못하느라 사랑하는 이의 등을 놓치고 말았다.

2년 만에 만난 사랑인데, 다시 만날 방법 따윈 모른다.

10초만 일찍 연심을 자각했다면 그 등을 쫓아가 보답을 드리고 싶다며 다음 만남을 이어갈 수 있었을 텐데.

"아…… 정말!"

자신의 어리석음을 한탄하듯 얼굴을 가렸다.

보고 싶다. 하지만 어디로 가야 만날 수 있을지 모르겠다.

육교에서 같은 시간 같은 장소에서 기다려볼까도 생각했지만 포기했다. 매일 이곳을 다닌다고는 확신할 수 없었다. 저 옷차림을 보면 영업직일 가능성도 있다. 우연히 오늘은 이쪽으로 발길을 향했을 뿐 앞으로 전혀 나타나지 않을 가능성도 있다.

새로운 사랑을 만남과 동시에 놓치고 말았다.

후회는 비애라는 이름의 창이 되어 사랑하는 가슴에 깊이 박혔다.

탄식을 내뱉으며 어깨를 축 늘어뜨렸다.

쇠사슬에 묶인 듯한 걸음걸이로 힘겹게 걸어 예정된 곳으로 향했다.

새우와 아보카도 샐러드를 먹으면서 몇 번째인지 모를 한숨을 내쉬었다. 행복을 실시간으로 내버리고 있자니 순식간에 석양이 지고 있었다.

황금빛으로 그을린 하늘을 등진 구원자의 모습이 머릿속에서 떠나질 않았다.

드라마 같은 전개는 딱 도와줄 때까지만. 그 후에는 깔끔하게 헤어지고 말았다.

사랑을 원하는 소녀였지만, 어느 날 딱 마주친다는 우연을 기대할 정도로 머리가 꽃밭은 아니었다. 다시는 만날 수 없다는 사실이 이 가슴을 짓누르듯 차지하고 있었다.

생각지도 못한 의외의 장소, 그야말로 자주 드나드는 가게에서 재회라니, 드라마에나 나오는 이야기. 만약 그런 기적이 일어난다면 따질 것도 없이 붉은 실로 묶인 운명이었다.

운명의 붉은 실. 어떻게 하면 끌어당길 수 있을까?

예정과는 다른 상담이라는 이름의 푸념. 마스터가 기뻐할 만한 그 이야깃거리를 가벼운 선물처럼 들고 일상과 비

일상의 경계선, 중후한 문을 열어젖혔다.

"어머, 어서 와, 쿠루미."

"안녕하세요, 마스터."

인사를 나누고 지정석으로 향하는 와중 그것을 깨달았다.

오픈한 지 아직 3분도 지나지 않았다. 제일 첫 손님이라고 생각했는데 선객이 있었다.

딱히 놀랄 만한 일은 아니었지만, 그는 자신이 비운 잔을 마스터에게 내미는 중이었다.

아무리 그래도 받고 나서 비우기까지의 시간이 너무 빨랐다.

이상하게 여기며 고개를 갸우뚱하는데,

"앗."

그 옆모습에 숨이 멎었다.

무심코 새 나온 오늘 세 번째 소리.

새로 온 손님을 돌아보지도 않던 그 옆모습은 소리에 이끌린 듯 이쪽을 바라보았다.

"어, 아까 그?"

그곳에 구원자가 있었다.

붉은 실에 의해 이끌린 것으로밖에 느껴지지 않았다.

그야말로 드라마 같은 운명의 재회가 이곳에서 성사된 것이다.

◆

"이런 드라마가 있었어."

의기양양한 목소리로 그날 빠져버리고 만 사랑에 관해 이야기했다.

내 사랑의 편력, 흑역사. 그 이야기를 들을 때의 모미지는 늘 얼굴을 찌푸리고 미간에 깊은 주름을 새겨 왔다.

"……정말 멀쩡하잖아."

다만 이번에 한해서는 그렇지 않았다. 눈은 동그랗게 뜬 채, 깔끔할 정도로 미간의 주름은 지워져 있었다.

절친의 새로운 사랑에 감동해 함께 기뻐해 주……는 느낌은 아니었다.

그 눈은 전혀 믿을 수 없는 것을 본 것 같은, 딱 그런 느낌이었다.

나의 새로운 사랑은 모미지에게는 외계인의 존재 증명과도 같았다.

무례하기까지 한 모미지의 반응에 분노할 이유는 없었다. 내 사랑에 대한 믿음이 바닥을 기는 것을 넘어서서 맨틀까지 추락한 상태이기 때문이다.

내 사랑의 편력을 되돌아보면 모든 것이 흑역사. 가슴을 펼 만한 것은 하나도 없다.

모든 것은 맹목적인 사랑이 초래한 것이다. 사랑할 때의 내 눈은 정말이지 옹이구멍이라는 자각 정도는 갖고 있다.

그래도 이번만큼은 흠잡을 데 없는 사랑이었다. 당당하게 모미지를 앞에 두고 가슴을 펼 수 있다.

무엇보다 그 모미지에게 『정말 멀쩡하잖아』라는 보증을 받은 것이다. 이제 아무 걱정 없이 새로운 사랑에 빠질 수 있다는 뜻이었다.

"마스터도 그렇지만 타마 씨도 어지간한 다른 어른들과는 차원이 달라. 이 사회는 허울 좋은 말만으로는 다 설명할 수 없다. 올바른 사고방식이나 가치관만으로는 반드시 어딘가에 왜곡이 생긴다. 그 왜곡을 바로잡고 싶다면 청렴한 것을 무조건 밀어 넣는 것만으로는 안 된다. 탁한 것과 올바르게 마주하고 청탁을 병합하는 것이 중요하다, 라는 거야. 꼭 어른 남자라는 느낌 아니니?"

그래서 기분이 좋아진 나머지 그만 들뜬 입이 방정을 떨고 말았다.

그런 의미에서는 네 번째 사랑. 유부남은 자아 없는 어른이었다. 말에 알맹이가 없고 하는 말과 하는 행동이 달랐다. 그야말로 방금 말이 술술 나온 내 입처럼 입이 가벼운 인간성이었다.

그런 남자에게 걸린 나는, 그때는 정말 젊었다.

"그 사람 몇 살이야?"

"올해 스물여섯 살이래."

"그렇다는 건 일곱 살 위네. ……그런 어른이 어린 여자를 상대로 잘난 척 사회 이야기를 하다니, 뭔가 좀 수상한데. 나르시시스트 기질이라도 있는 거 아냐?"

모미지는 아무래도 아직 내 사랑에 완전히 납득하지 않은 모양이었다. 무조건 어딘가에 함정이 있을 것이다. 미간에 새겨진 주름살은 그렇게 말해주고 있었다.

발끈하지는 않았다. 나는 단지 이 사랑의 무죄를 증명할 뿐이다.

"흐름상 그런 얘기가 된 것뿐이야. 스스로한테 도취한 모습은 아니었어."

"……정말?"

"나르시시스트는커녕 자기 이야기가 나오면 엄청 재미있고 웃기게 말해준다니까."

"예를 들면?"

"이 근처에 산다는데 독채를 빌렸다는 것 같아. 역에서 도보 15분. 정원까지 딸린 2층짜리 4LDK."

"그런 좋은 입지의 독채를 그 나이에 빌렸다고? 회사에 다니는 싱글남이?"

자칫 자랑으로 들릴지도 모르는 타마 씨의 거주 사정. 다만 본인 자랑이네, 하며 그 부분을 지적해오진 않았다. 혼자 그런 곳에 살고 있다는 사실이 더 놀라웠던 것 같다.

"……그게 말이지, 월 4만 엔인 것 같아."

"뭐?"

뜬금없는 소리라도 들은 사람처럼 모미지가 고개를 갸우뚱했다. 그리고 무언가에 생각이 미친 듯 조심스레 입을 열었다.

"……혹시 그런 물건?"

"그런 물건."

나는 크게 수긍했다.

"진짜 장난 아니야. 일가족 자살, 강도 침입. 컬트 종교나 인터넷에서 모집한 집단 자살. 거기서 사망한 사람만 무려 40명이래."

"위험한 물건이잖아."

"맞아, 여기서부터가 더 위험해. 그 일로 철거가 결정됐는데 차례차례로 공사에 관련된 사람이나 기자재에 문제가 생겨서 중지됐다는 거야. 그것도 다섯 번이나. 퇴거를 위해 불린 스님은 심근경색으로 쓰러져 그대로 돌아가셨대. 그래서 철거는 포기. 인근 주민들도 무서워하는 집이라 타마 씨는 반상회에도 못 들어간 채로 완전히 배척당하는 것 같아."

"괜찮은 거야, 그 사람……?"

모미지가 머뭇머뭇 물어왔다. 불안에 찬 눈빛은 타마 씨의 신변을 걱정한 것일까, 아니면 그런 상대를 사랑하는 절친을 걱정한 것일까.

모미지의 마음을 모르는 것도 아니었다. 처음 그 이야기를 들었을 때는 그런 위험사고 물건이 정말 이 세상에 있는 것인가 하고 겁을 먹었다. 게다가 사랑하는 상대의 주거지이다. 밝은 뉴스처럼 말하는 타마 씨가 의심스러워 마스터에게 눈을 돌리자 그도 고개를 끄덕인 것이다. 그 말은 사실이라고, 나를 놀리려고 하는 말이 아니라고.

사랑에 맹목적인 나조차 그 말엔 타마 씨의 정신 상태를 의심했을 정도였다. 어떻게 그런 사고 물건에 거주하면서 이렇게까지 즐겁게 말할 수 있는 것일까.

"그런데 타마 씨는 웃으면서 이러는 거야. 실질적인 손해도 없을뿐더러 이웃 간의 교류도 필요 없는 배척은 오히려 쾌적함이다. 화려한 경력과 빛나는 전력에 보여줘야 할 것은 경의와 감사다. 그 호러 하우스는 반대로 자신의 수호신이라고 말이야."

그 대답은 너무나 현실적이었다.

과거는 어떻든 지금은 지금. 실질적인 손해는 없는 것이다. 오히려 그런 과거 덕분에 지금의 환경을 누릴 수 있었다. 처참한 과거를 생산해내며 꼬리에 꼬리를 무는 사고 물건을 그렇게까지 긍정적으로 받아들일 수 있다니.

담력이 좋다고 해야 할까, 아니면 인생관이라고 봐야 할까.

과거에 휩쓸리지 않고 청탁을 함께 병합한 그 삶의 방

식. 역시 타마 씨는 어지간한 어른들과는 차원이 달랐다.

"괜찮은 이야기인가 싶었더니 역시 이면이 있었네. 머리가 이상한 거 아냐? 그 타마 씨란 사람."

안타깝게도 모미지에겐 그 삶의 방식이 마이너스로 비친 것 같았다.

내가 하는 사랑은 언제나 한심한 흑역사가 된다. 이번에도 역시 그것은 변하지 않았다며, 안심하는 느낌이었다. 아, 잘됐다 하는 환청까지 들렸다.

"마도카, 너를 위해서 말하는데, 그 남자는 포기해."

순도 100%의 배려 깊은 마음이 화살이 되어 이 가슴에 박힌다.

모미지는 성실함만을 똘똘 뭉친 듯한 성격이다. 나와는 달리 사회의 규칙과 도덕성을 소중히 여기며 타인이 보지 않는 곳에서도 무단횡단 한 번 저지른 적이 없다.

엄하게 교육받은 것은 아니다. 스스로가 알아서 엇나가지 않도록 통제하는 것이다.

인간이라면 응당 이렇게 해야 한다는 것을 보여주는 사회 규범의 상징.

이미 대학생이 됐는데도 아직 성인이 아니라며 술을 입에 대지 않았을 정도다. 내년 4월, 생일을 맞이할 때까지의 즐거움으로 남겨두겠다며 아직도 멀리하는 것이다.

그렇다고 자신의 삶을 남에게 강요하며 단속하는 풍기

위원 스타일도 아니다.

규칙을 어기는 것은 자기 책임. 남의 삶에 일일이 간섭할 만큼 한가하지 않다, 라는 격언.

남들이 보지 못하는 곳에서야말로 지켜야 할 것이 있다.

듣기엔 무척 좋지만, 규칙과 도덕을 벗어나는 놀이와 융통성이 없다. 칭찬받을 일이긴 하지만 절친으로서는 좀 더 여유롭게 삶의 즐거움을 누렸으면 하는 마음이 있었다. 본인은 자신이 선택한 삶의 방식에 답답함을 느끼지 않으니 그저 쓸데없는 참견이겠지만.

그런 절친이 보기 드물게 강한 어조로 이 사랑을 말려온 것이다.

객관적인 모미지의 말에 기가 눌릴 뻔했다.

나는 사랑을 하면 맹목적으로 변한다. 그렇다는 자각이 있기 때문에 어쩌면 또 다른 흑역사를 쌓는 사랑은 아닐까 하는 생각이 살짝 들었다.

동시에 타마 씨의 발언이 그 정도의 말을 들을 일인가? 하는 생각도 강하게 들었다.

대답을 못 하고 망설이고 있는 내게 모미지는 난처한 얼굴로 미소 지었다.

"절친이 이 이상 사랑에 놀아나 우는 모습은 더는 보고 싶지 않아."

올곧을 정도의, 순도 100% 우정. 가슴이 두근두근 뛰지는 않았지만 가벼운 타격감은 있었다.

늘 아쉬웠다. 어째서 모미지는 여자로 태어나 버린 걸까.

남자로 태어났다면 초등학생 시절 이미 완전히 사랑에 푹 빠져서 몸도 마음도 다 바쳤을 텐데.

모미지는 가까운 사람에게는 정이 많다.

네 번째 사랑이 깨졌을 때 어이없어하면서도 내 마음을 이해하며 위로를 해주었다. 막말로 차라리 모미지라면 여자라도 상관없지 않을까 하는 고민까지 생겼을 정도였다.

"뭐, 네 성격에 쉽게 포기할 리는 없겠지만."

모미지는 쓴웃음을 지으며 어깨를 으쓱했다.

아무리 절친에게 그런 걱정을 듣는다고 해도 쉽게 포기할 수 있는 사랑은 아니었다. 나를 잘 알기 때문에 지금의 사랑을 만류하는 것을 포기한 것이다.

"하지만 이번 사랑은 첫눈에 반한 느낌인 거지? 그렇다면 상대에 대해서는 아직 모르는 거나 마찬가지잖아."

"꼭 그렇지도 않아. 타마 씨에 대해서는 이미 충분히 알게 됐어."

"그 사람이랑 몇 번 만났는데?"

"가게에서 두 번 정도."

"즉 두 번 만에 알 수 있을 정도의 값싼 인간이었다? 마치 이전 남자 같은 사람이네."

"윽……!"

모미지가 턱을 괸 채 짓궂은 눈빛을 향해왔다.

나를 무시하려는 게 아니다. 그렇다고 타마 씨를 비하하려는 것도 아니다. 그 정도는 알고 있었기에 더더욱 아무 말도 하지 못한 것이다.

"넌 항상 직진인 데다 너무 성급해. 먼저 상대방의 겉모습으로 사랑에 빠지고 속내를 알기도 전에 사랑이 이뤄지니 마지막에 험한 꼴을 당하는 거야. 그 자각은 있어?"

"……없지는 않아."

"그러면 이번에야말로 고쳐봐. 남자가 여자의 몸을 보상으로 착각하고 있다고 말한 건 바로 너잖아? 마도카에게 상을 받는다면 남자는 두 팔 벌려 환영할 게 뻔해. 막말로 애정이나 사랑 같은 성가신 감정을 키우지 않아도 되니까. 네 사랑은 남자에게 굴러들어온 떡이나 다름없다고."

"……윽."

모미지의 정론은 용서가 없었다. 그녀의 팩트 폭행의 효과는 탁월할 정도로 좋아서 가슴에 스며들었다.

나는 예쁘다. 이것은 세계의 진실이다. 이쪽에서 먼저 나서지 않아도 여지를 주는 행동 하나면 한 방에 끝난다.

적어도 지금까지의 사랑은 그렇게 상대가 먼저 손을 내밀도록 만들어 왔다. 사랑에 빠진 남자 앞에서는 순수함을 가장하고 싶다. 먼저 요구받아 응한 것처럼 보이고 싶은 것이다.

"상대의 마음에 애정이 싹트기도 전에 귀여움 하나로 교제에 성공한다. 그런 의미에서 네 귀여움은 저주나 다름없구나."

"……칭찬이랑 욕, 둘 중에 어느 쪽이야?"

"양쪽 다야."

모미지가 히죽 웃었다.

빈정대기는 하지만 악의는 없다.

사랑을 포기하라고 해도 듣지 않는다면 적어도 신중하라는 충고. 그저 사랑에 놀아나 우는 내 모습을 보고 싶지 않은, 절친이 내민 우정이었다.

"하아……."

자신의 과거를 다시 돌이켜보자 커다란 한숨이 나왔다.

팩트 폭행에 괴로움을 느낄 정도로 모미지의 말은 너무 옳았다. 그렇게 항상 실패했다. 과거로부터 아무것도 배우지 못한 채 직진만 하면서 성급하게 사랑을 밀어붙였다.

확실히 내 사랑의 편력은 흑역사다. 사회가 보여주는 진정한 애정이나 사랑과는 거리가 멀다. 하지만 거기에서 태어난 사랑의 달콤함, 가슴이 녹을 정도의 행복은 진짜였다.

그 행복을 이 가슴에 간직하고 싶기 때문에 보상을 주기보단 자신이 바라고 싶다. 보상의 달콤함에 잠기고 싶었다.

그런 의미에서 나는 보상을 원하는 다른 남자들과 다를 바 없을지도 모른다.

"충고 고마워. 이번에는 새로운 작전을 진행해 볼 생각이야."

"내가 뭐랬어? 하고 자랑스럽게 내보일 날이 오길 바랄게."

모미지는 기대한다는 듯 미소 지었다.

나를 생각해서 그 남자는 그만두라고 말하면서도 자신을 놀라게 할 만한 결과를 보여달라고 한다. 다섯 번째 사랑은 제대로 된 사랑으로 보답받기를 바라는 거다.

절친은 절친이라며 새삼스럽게 우정을 느낀 단막이었다. 정말로 이런 친구를 가졌다는 것이 자랑스럽기까지 했다.

그도 그럴 것이 모미지는 용모수려, 재색겸비, 두뇌명석, 품행방정 등이라는 수식어가 단번에 떠오르는, 의미 비슷한 사자성어들이 잘 어울리는 재원이었다.

나의 귀여움을 죄라고 평했지만 그러는 모미지의 아름다움 또한 죄였다.

창가에 앉아 약간 근심스러운 표정을 지으면 귀하게 자란 아가씨로 변모한다. 입만 열면 그런 일은 없겠지만 거기에 속는 남자가 많은 것도 사실이다.

게임을 좋아하던 친구는 과거 모미지의 외모를 이렇게 비유했다.

배배 꼬인 동정이 좋아할 것 같은 흑발 소녀.

절친에게 굳이 이런 표현을 쓰고 싶진 않았지만, 이 이상 잘 표현할 만한 절묘한 비유는 아직 만나지 못했다.

모미지가 다니는 대학은 일본 제일. 자유분방한 이미지이지만 부모에게 엄격하게 통제되어 공부밖에 모르고 자라온 남자들투성이. 교우 관계에 타산과 사회적 지위를 내세우는 나와는 달리 모미지는 사사로운 일로는 차별을 하지 않는다.

그런 모미지에게 인간 대접을 받는다면 여자와 인연이 없는 남자들은 그것만으로도 사로잡힐 것이 분명했다. 실제로 고등학교에서는 공부만 잘하는 어리바리한 남자들을 사로잡기도 했었다.

과거 있었던 스토커 소동처럼 착각한 남자들에 의해 피해를 입진 않을까. 처음으로 학교가 갈라진 지금 그것만이 유일한 걱정이었다.

하지만 지나친 걱정은 기우일지도 모른다.

계산적인 나와는 달리 모미지는 자연스럽게 움직이기만 해도 인망을 모으는 재원이다. 분명 대학에서도 많은 자신의 편을 거느리고 있을 게 분명하다. 대학에서 있었던 일을 늘 즐겁게 이야기하고 있다는 것이 무엇보다 좋은 증거였다.

어쨌든 모미지는 완벽한 인간. 결점이 없다는 것이 결점이었다.

……그렇게 생각하고 있던 시기가 나에게도 있었다.

그것은 이렇게 모미지 집을 방문해 화장실에 섰을 때 가장 뼈저리게 느꼈다.

"하아……."

변기를 들여다보니 오늘도 그 일은 있었다.

내린 걸 깜빡한 무언가가 남아 있었던 것이 아니다. 웅덩이 주위에 검은 고리만이 있을 뿐. 있을 뿐이지만 바로 그것이 문제였다.

화장실에서 나오자마자 바로 집주인을 노려보았다.

"모미지 씨."

"윽."

모미지가 어깨를 들썩였다. 앞으로 무슨 일이 일어날 것인가. 그런 미지의 감각에 몸을 떤 것이 아니다. 앞으로 어떤 잔소리가 들이닥칠 것인지 알고 있는 것에서 오는 모습이었다.

"마지막으로 화장실 청소한 게 대체 언제야?"

"어, 어제……."

"뭐?"

"……처럼 기억하고 있어."

눈을 굴리며 모미지가 변명했다.

"하아……."

말도 안 되는 핑계를 대는 아이 같은 모습에 탄식이 절로 나왔다.

"저걸 보니 지난번에 내가 왔을 때가 마지막이겠네?"

"그, 그러네…… 그때 청소한 게 마지막이야."

"그때 청소를 했어?"

"마도카가 청소해준 게 마지막이에요……."

낮은 목소리로 위협하자 모미지가 존댓말로 말을 바꿨다.

청소를 제대로 못 하는 것은 화장실에만 국한된 이야기가 아니다. 가전이나 가구 주위에 덮여 있는 먼지. 바닥은 로봇청소기 덕분에 어떻게든 청소가 돼서 쓰레기장까지는 아니지만, 전체적으로 너저분하다.

한번 밖에 나가면 단정한 모습에 구김 하나 없는 옷가지를 걸친, 귀해 보이는 아가씨도 집안은 이런 참상이었다.

이것이 모미지의 결점이다. 타인이 보지 못하는 곳에서 본인 스스로 결말을 내는 순간 갑자기 덜렁이가 되는 것이다.

청소뿐만이 아니다. 식생활도 그렇다.

처음에는 기합을 넣어 갖췄던 조리 기구는 한 달도 안 돼 선반의 장식. 밥솥은 먼지를 뒤집어쓴 채, 즉석밥 대량 상비. 그것들 모두가 현미밥이라는 점이 또 어이없었다.

냉장고 안에는 10초 충전 젤리나 건강 음료, 탄산수 같은 것들만 잔뜩. 냉동실에 들어 있는 것은 오직 밀키트뿐. 그마저도 중탕 같은 귀찮은 건 없고 전부 다 레인지에 데워먹을 수 있는 것뿐이다.

설거지를 단 하나도 내놓고 싶지 않다는 굳센 의지로 나무젓가락이나 종이 접시도 대량 상비. 인스턴트커피 하나 마시는데 매번 종이컵을 쓰는 상황. 환경을 생각한 친환경 정신은 그것들과 함께 쓰레기통에 처박혔다.

그런 상황에서 대부분은 외식이었다. 근처에서 먹을 때는 모미지에게 가게를 맡기면 실패할 일이 없다. 이곳으로 이사한 지 4개월이 채 되지 않았는데도 노포부터 신규 매장까지 모두 꿰고 있었다. 평소에는 건강에 신경을 써서 그런지 샐러드바나 샐러드볼 계열의 가게 등을 상세하게 리뷰할 수 있을 정도로 많이 다니고 있다.

어쨌든 일상의 수고를 줄이는데 최적화된 사생활. 환상을 품었던 남자들도 이 모습을 보면 백 년의 사랑도 식을 것이다.

"모미지 너…… 전부터 말했지만 적어도 일주일에 한 시간 정도는 청소하는 시간을 좀 가져. 그렇게 많은 수고가 드는 것도 아니잖아, 이 정도는."

"내일이야말로 하자고 생각하는 사이에 그만……."

"생각하는 사이에 결국 안 하는구나."

눈을 마주치지 않으려는 무책임한 모습을 보자 눈썹 끝이 내려갔다.

중학생 때 모미지는 엄마를 잃었다. 웬만한 가정이라면 거기서 어느 정도 필요한 집안일을 익히겠지만 후미노 가문은 부유층이다. 모든 일은 가정부가 해주기 때문에 가사를 돕는 일을 해오지 않았다.

그것에 익숙해진 탓일까. 하면 할 수 있는 것을 하지 않는다. 옷차림이나 청결감 등 남들에게 보이는 부분은 제대로 챙기지만 보지 못하는 곳은 최소화하려는 것이다.

"모미지는 하면 하는 애일 텐데…… 왜 안 할까?"

"하려고는 하는데…… 그냥 좀 의욕이 안 나서."

"그 말 꼭 카에데에게 들려주고 싶네."

"윽……."

자극하듯 말하자 모미지가 몸을 움츠렸다.

모미지의 세 살 아래 여동생 카에데. 그녀는 세상에서 말하는 히키코모리지만 모미지의 여동생인 만큼 우수했다. 아니…… 좀 과하게 우수했다.

초등학교 이후 학교 교실에 발을 들여놓지 않았는데도 중학교 시험은 항상 학년 1위. 세 자리 이외의 숫자는 받아본 적이 없다고 한다.

누구의 가르침도 받지 않고 이런 결과를 낸 덕분에 최근까지도 히키코모리인 것을 용인받아 왔다.

하지만 원래부터 소극적인 아이다. 오랜 히키코모리 생활은 가족과 제대로 된 소통을 하지 못한다는 심각한 문제를 야기했다.

그리고 고교 입시를 앞둔 시점, 아빠도 뒤늦게 위기감을 느낀 모양이었다. 모미지와 같은 대학에 진학하기를 원했는데, 이를 실현할 능력은 있지만, 대학 생활을 제대로 할 수 있을 만한 사교성은 아직 갖추지 못했다. 그러니 고등학교부터는 잘 다니면서 최소한의 사교성을 갖추라는 지시가 내려왔다고 한다.

카에데는 검정고시나 통신 고등학교로 타협하려고 한 것 같지만, 결국 허락받지 못하고 우리 모교의 시험을 보게 되었다. 시험 자체는 쉽게 합격한 것 같긴 하지만,

"그러고 보니 카에데는 학교 잘 다니고 있어?"

문득 궁금했다.

중학교조차 제대로 다니지 못하던 카에데에게 그 교풍은 혹독하지 않을까. 그야말로 깊은 골짜기에서 밀어내는 행위요, 분수를 고려하지 않은 만행이었다. 불가능까지는 아니더라도 카에데가 따라 올라가 성장할 수 있는 환경이라고는 생각되지 않았다.

여동생을 걱정한 모미지는 카에데의 히키코모리 증세를 어떻게든 극복하게 하고자 갖은 애를 썼다. 결실을 보지 못했다는 이야기는 많이 들어 왔는데, 이쪽에 와서는 한 번도 카에데 이야기를 하지 않았다.

"응, 잘 다니고 있어."

현실에서 도망가듯 외면하던 얼굴이 다시 똑바로 향해 왔다. 만면이 희색으로 물들어 있는 것은 여동생의 근황을

물었기 때문일까, 내 질책에서 벗어났기 때문일까. 어느 쪽인지 구분이 가질 않았다.

"호오, 잘됐네. 그 모습을 보니 카에데와 제대로 연락은 하고 있나 보네."

자신이 물어봐 놓고 모미지의 대답에 당황했다.

최근 몇 년간 모미지는 카에데와 제대로 된 대화조차 나누지 못했다.

기본적으로 방에 틀어박혀 있고 모미지가 말을 걸어도 고개를 숙일 뿐. 모기 우는 소리로 간신히 예스나 노 같은 말을 내뱉는 정도. 학교 얘기만 하면 그조차도 나오지 않는다고 했다.

그런 카에데와 연락을 하고 있단다. 전화하는 모습은 쉽게 상상이 가지 않으니 아마 메신저 앱 같은 것으로 근황을 보고받고 있는 것인지도 모른다.

"아니. 이쪽에 온 이후로 한 번도 안 했어."

잠시 넋이 나갔다.

무슨 일인가 싶어 고개를 살짝 갸우뚱했다.

"어…… 아, 그렇구나. 아빠한테 듣고 있어?"

"그 사람이 딸 근황을 일일이 보고할 리가 없잖아. 카에데 일로 연락이 온다면 문제가 생겼을 때 정도겠지."

번뜩이듯 떠오른 대답은 깔끔하게 부정당했다.

엄마를 여의고 부녀 가정이 되었지만, 그곳에 부녀간의

유대는 전무. 아빠는 늘 훌륭한 딸의 모습을 원했고, 모미지는 불평 하나 없이 담담하게 그에 응해 왔다.

먹여주고 사치를 부릴 수 있게 해주는 것에 대한 감사로 모미지는,

"성공 보수를 받는 거랑 똑같아."

라고 말했다.

"아빠로서는 좀 그렇지만, 그냥 사장님이라고 생각하면 꽤 좋은 직장 아냐?"

자신의 부모 자식 관계를 그렇게 평가하는 형국이었다.

늘 생각한다. 용케 그런 아빠 밑에서 이렇게까지 곧게 자랐구나. 그런 것도 모두 돌아가신 엄마의 양육 방식이 훌륭했던 덕분일지도 모른다.

어쨌든 정보원이 본인도 아니고 아빠도 아니라고 하면⋯⋯.

"그럼 가정부한테 듣고 있는 거야?"

"무소식은 희소식이라고 하잖아. 아무 연락이 없다는 건 잘 다니고 있다는 뜻이겠지."

걱정 따위는 전혀 모르는 얼굴로 싱글벙글 웃은 모미지가 딱 잘라 말했다.

깜짝 놀랐다. 그야말로 믿을 수 없는 것을 보고 경악한 사람처럼.

"지금은 그렇게 생각해. 카에데의 어리광을 너무 받아준

걸지도 모른다고. 적어도 옷 정도는, 적어도 옷차림 정도는. 적어도, 적어도. 이거 정도는, 이거 정도는, 그러면서. 이것도 저것도 과하게 간섭하고 지나친 참견을 한 게 아닌가 싶어."

과거의 잘못을 반성하듯 모미지가 한숨을 내쉬었다.

"그게 잘못이었던 거야. 내가 간섭하지 않아도 모미지는 잘 일어설 수 있는 아이였어. 오히려 내가 그 아이의 성장을 방해하고 있었던 건지도 몰라."

이어서 과거의 실패를 통해 기쁨을 찾은 것처럼 부드러운 미소를 짓는다.

"신동이라는 말은 옛날부터 들었지만 나는 그렇게 훌륭한 인간이 아니야. 해야 할 일을 제대로 한 결과 그 성과가 따라온 것뿐. 남들보다 조금 요령이 있을 뿐이야. 그건 대학에 들어간 뒤에 질릴 정도로 깨달았어."

자랑하는 말, 혹은 비아냥처럼 들릴 법도 하지만 모미지의 경우는 그렇지 않다. 어깨를 으쓱하는 그 모습은 우물 안 개구리였던 자신을 부끄러워하는 모습마저 보였다.

그리고 다음 생각이야말로 진짜 본심이었다.

"하지만 카에데는 달라. 모두가 노는 시간을 좀 아껴서 90점을 맞고, 내가 자는 시간을 줄여가며 95점 언저리에 닿을 때, 노는 틈틈이 공부해서 100점을 유지하는 아이야. 정말 신동이란 카에데를 위해 있는 말이지."

그 목소리엔 조금의 비아냥도 담겨 있지 않았다. 오히려 그 얼굴엔 자랑스러움마저 느껴졌다.

"결국 사교성도 그거랑 똑같았어. 지금까지 하지 않아도 되는 과목이었기 때문에 그냥 내버려 둔 거야. 그랬는데 고등학교라는 장소에서 뒤처진 것을 되돌려야 하는 상황이 찾아온 거지. 스스로 어떻게든 해결해야 할 상황에 부닥쳤어. 평범한 애였다면 절망적이었을지도 모르지만, 그 아이는 괜찮았던 거야. 그뿐인 얘기지."

눈앞에서 생생히 보고 있기라도 한 것처럼, 확신마저 느껴지는 모미지의 두 눈. 불안도 근심도 품지 않은 그 눈동자. 거기에 깃들어 있는 것이 무엇인지 알아차렸다.

사랑에 빠졌을 때의 나와 똑같았다.

"아무리 그래도, 그렇게 잘 될까……?"

보는 쪽이 불안해지는 맹목이었다.

"학교뿐만이 아니야. 여차했을 때 마지막에 울음을 터뜨릴 상대가 집에 없는 거잖아. 모미지치고는 너무 낙관적인 거 아냐?"

"괜찮아. 여기 올 때 무슨 일이 생기면 언제든지 연락하라는 말은 전해놨으니까. 처음 한 달은 역시 좀 걱정됐었는데…… 오늘까지 연락이 한 번도 없었어. 그건 잘해나가고 있다는 뜻이지."

"……한 번 정도는 모미지가 먼저 연락해보는 게 좋지

않을까?"

"하고 싶은 마음은 굴뚝 같지만 일어서 있는 동안은 스스로 걷게 해주고 싶어. 내가 쓸데없이 어리광을 받아줘서 실패하게 만들고 싶지 않아."

"하지만…… 잘 다니고 있는지 어떤지 역시 걱정되지 않아? 아니면 아빠한테라도 객관적인 근황을 물어보는 게 낫지 않겠어?"

"고등학교는 의무 교육이 아니야. 출석 일수가 위태롭다면 내 귀에 들어왔을걸? 그렇지 않다는 건 제대로 다니고 있다는 거야."

이런저런 불안 요소를 전해보았지만 이런 상황이었다.

마치 아까랑 반대. 새로운 사랑에 빠졌다는 말을 전했을 때 모미지에게 당한 것과 같은 짓을 하고 있었다. 어딘가에 함정이 있는 것은 아닌지, 여러 방면에서 지적해댄다. 너무 맹목적인 상대에게 객관적인 시선으로 걱정할 만한 부분을 찔러주는 것이다.

모미지가 내게 품은 불안, 그 마음을 이해할 수 있었다.

우선 모미지의 이야기엔 일리가 있다. 제대로 학교에 다니고 있다고 생각할 수도 있다.

하지만 아무리 그래도 너무 낙관적이지 않나 하는 생각도 들었다.

예전부터 모미지는 주위에서 특별 취급을 받아 왔고 많

은 이들에게 존경과 선망의 눈빛을 받아왔다. 본인도 자만 없이 객관적으로 그 사실을 받아들이고 있다.

결과를 내고 성과를 계속 냈기 때문에 받는 특별 취급. 그런 자신보다 더 재능 넘치는 여동생은 그야말로 특별 중 의 특별. 의욕만 내면 그야말로 못할 게 없다.

그런 식으로 카에데를 지나치게 믿었다.

학교만 한 번 다니게 되면 그것만으로 만사 해결. 그렇 게 확신하는 부분이 적잖이 있었다.

언제나 그것이 위태롭게 느껴졌지만, 이것은 가족 문제 였다. 절친이라고는 해도 귀로만 들은 정보로 남의 집안 사정에 참견하는 것은 망설여졌다.

그야말로 모미지가 내 사랑에 굳이 과하게 참견하지 않 는 것처럼.

조금, 아니 커다란 불안감은 내 안에서 사라지지 않았다.

그 불안은 옳았고, 9월에 최악의 형태로 마주하고 말았다.

◆

현재는 모미지의 충고에 의해 연애의 활동 방침을 바꾼 상태였다. 상대가 손을 뻗어오면 바로 응하던 것에서 조금 더 시간을 들이기로 한 것이다.

타마 씨의 됨됨이를 자세히 파악하는 것 이상으로 나에 대해 더 알아주었으면 했다. 겉모습뿐만 아니라 나 자신을 봐주었으면 하는 바람을 품은 것이다.

어쨌든 지금까지는 외형을 미끼 삼아 상대를 낚아왔을 뿐이다. 좋아하는 마음을 너무 중요시한 탓에 교제를 시작이 아니라 골로 여기고만 있었다.

과거, 사랑의 편력을 돌이켜보면 이 몸을 채운 가장 큰 충족감은 목적지에 도달했을 때의 성취감이었는지도 모른다.

그런 의미에서 나의 연애관은 성장을 이루었다. 사회가 보여주는 건전한 사랑. 조금은 그걸 받아들이고자 노력했으니까.

……하지만 교제에 이르는 것뿐이라면 간단할 것이라 믿었는데, 일찌감치 실패하고 말았다.

타마 씨와는 매주 금요일. 마스터의 가게에서만 만날 기회가 있다. 어떻게든 밖에서 만나고 싶어서 연락처를 물어보게 하려고 은근히 반응을 떠봤지만, 성과는 전혀 없었다.

지난번 느꼈던 그 초조함을 다시금 되새긴 나는 딱 한 번 강경책을 펼쳤다.

"다음에 다시 한번 보답하게 해주세요."

여기가 아닌 곳에서, 라는 의미를 은연중에 담아 연락처 교환의 흐름으로 가려 했는데,

"신경 안 써도 돼. 그런 건 보답받을 일이 아니니까."

어른의 대응 한방에 격침하고 말았다.

예정대로라면 이 방법으로 연락처를 손에 넣고, 깊이 있는 대화를 주고받고, 데이트를 거듭하고, 추억을 쌓으며 서로를 알아가다가 크리스마스에 연인으로 이르는 수순이었다.

그런데 첫걸음부터 앞으로 나아가지 못했다. 지금까지는 원하기만 하면 바로 모든 것을 손에 넣어왔던 만큼 뜻대로 되지 않는 연애가 있다는 사실이 충격적이기까지 했다.

나는 예쁘다. 그것만으로도 죄라며 모미지가 보증했을 정도다. 그런데도 타마 씨는 나를 무죄인 사람처럼 취급한다.

역시 타마 씨는 어중간한 남자들과는 차원이 다르다.

지금까지의 상식은 통하지 않는다.

그렇게 앞으로 어떻게 해야 하나 고민하던 중, 사랑하는 소녀의 충동에 의해 어떤 행동을 하고 말았다.

평일 낮.

그 가옥은 금방이라도 무너져 내릴 것 같은 모습까진 아니었지만, 빈말로도 깔끔한 외관은 아니었다. 이 장소에서 일어난 처참한 과거를 알고 있어서 그런지 어딘가 오싹함마저 느껴졌다.

이게 바로 40명의 목숨을 앗아간 사고 물건.

타마 씨 왈, 주민들의 영혼을 먹어 치운 화려한 경력에 더해 도전자들은 보복당한 빛나는 전력. 그 어느 쪽의 희생자도 나오지 않은 지 오래되었다.

대신 지금도 맹위를 떨치고 있는 찬연한 내력이 있다고 했다.

어느 날 담배꽁초를 버린 노인은 원인 모를 화재로 큰 화상을 입었다.

어느 날 가옥 내에서 촬영된 심령사진, 거기에 찍힌 여자가 거울 속에서 들여다보고 있었다.

그 가옥에 가까워질수록 불운이나 재액에 취약해진다.

심령 명소에서 흔히 볼 수 있는 살이 붙은 이야기로, 오컬트 매니아들 사이에서는 이미 유명하다는 모양이다. 타마 씨에게 들은 이야기라고는 해도 역시나 미심쩍다는 생각에 완전히 믿고 있지는 않았다.

어쨌든 거처를 그곳에 두고 있는 당사자가 저렇게나 멀쩡한 것이다. 속일 생각이 없었다고 해도 타마 씨 또한 남에게 들은 이야기. 이런 처참한 과거가 있었다는 식으로 부풀려져서 생겨난 이야기일지도 모른다.

하지만 그런 생각도 오늘까지.

부풀려진 이야기라고 치부하던 그것을 모두 진짜라고 믿어버릴 정도의 공포 체험이 나를 덮친 것이다.

타마 씨의 집을 방문했지만, 목적은 딱히 없었다. 뭔가를 하고 싶었던 것도 아니다.

지역 이름과 사고 물건. 딱 두 단어로 검색하니 사랑하는 남자의 주소가 손에 들어왔다. 그래서 발길을 향한 것뿐.

가능하면 집안을 들여다보고 싶다는 충동은 있었다.

다만 그것은 규칙이나 도덕을 벗어난 행위. 사회의 주민으로서 넘어서는 안 되는 선이라는 것이 이 세상에는 있다. 그것을 이성으로 억제할 수 없기 때문에 세상에는 스토커가 생겨나고 만연한 것이겠지.

그렇구나…… 그들은 이런 기분이었을까, 하고 공감하면서 이 손은 현관문으로 자연스럽게 향하고 있었다.

당연히 덜컹거리기만 할 뿐 열릴 리가 없다. 어쨌든 이곳은 근방에서 유명한 사고 물건. 성가신 오컬트 마니아들의 성지다. 방범을 철저하게 해뒀다는 것은 타마 씨와의 대화를 통해 이미 알고 있었다.

주위를 둘러보았다. 담장이 그늘을 만들어주고 있어서 현관 정면에 서지 않는 이상 내 모습은 보이지 않을 것이다.

문 아래 우편함을 달칵 열어 들여다보았다.

"음……?"

평일 낮이니 당연히 타마 씨는 일을 나갔다. 혼자 사는 이 집은 현재 아무도 없을 것이다.

그런데 안에서 소리가 난 것 같은데…….

시야 끝에 사람의 그림자가 움직인 것 같기도 했다.

"설마, 아닐 거야······."

분명 냉장고 제빙실 같은 가전이 낸 소리일 것이다.

그렇게 생각하고 싶다.

힐끔 뒤를 돌아보며 누가 보고 있진 않은지 확인했다.

인기척은 없다. 기회다 싶어 정원으로 돌아가려고 하는데,

"야—옹."

기다렸다는 듯이 울음소리가 났다.

울음소리에 이끌려 바라보니 돌담 위에서 검은 고양이 한 마리가 앉아 있었다.

마치 자신이 불러세웠다는 듯이 검은 고양이가 빤히 이쪽을 바라보았다. 마치 침입자를 감시하는 코마이누*나 시사** 같은 관록이 엿보였다.

검은 고양이는 불길함의 증거. 어떻게 보면 이 집과 어울리는 존재.

하지만 어차피 길고양이라며 나는 얕보고 있었다. 여기서 되돌아가면 좋았을 텐데 소녀의 충동에 사로잡히고 만 것이다.

"냐앙."

뒤에서 들려온 울음소리는 『나중에 무슨 일이 생겨도 모른다』라고 말하는 것처럼 들렸다.

---

*일본 신사에 있는 개 형상의 상.
*오키나와에서 사용하는 사자 형상의 수호동물.

커튼은 낮인데도 쳐져 있었다. 이 역시 성가신 오컬트 마니아를 대비하기 위함일 것이다.

창문을 열려고 해봤지만 작게 덜컹거릴 뿐 소용없었다. 창문 보조 자물쇠를 쓰고 있다고 말했던 것이 떠올랐다. 역시 타마 씨의 방범 대책은 철저했다.

안으로 들어가는 건 역시 어려울 것 같았다.

이런 결과는 알고 있었고 기대도 하지 않았다.

그래도 타마 씨의 생활감이 넘치는 공간을 보고 싶어 참을 수가 없었다.

아무리 스토커의 심리를 알았다고 해도 유리를 깨면서까지 선을 넘는 것은 도저히 내키지 않았다. 적어도 커튼 사이의 틈, 한 줌만이라도 좋다는 생각으로 삶의 터전을 들여다보기 위해 한쪽 눈으로 안을 살폈다.

차광성이 높은 커튼이 아니라 실내는 어두컴컴하다고도 할 수 없는 밝기.

집의 방 배치는 인터넷에 실려 있었다. 그곳이 거실인 것은 확실하지만 가구 하나조차 보이지 않았다. 혼자 사는 삶에 휴식 장소는 굳이 필요하지 않았을지도 모른다.

아무리 사랑하는 상대의 주거지라 해도 무기질적이고 재미없는 풍경이다.

뭐, 이런 거겠지 하고 시선을 내린 그 끝에,

"......아."

두 눈이 거기에 떠 있었다.

이 눈과 그 눈이 마주치고 말았다.

"꺄아아아아아아아아아아아아!"

다음 순간 내 눈앞에는 감자튀김이 산더미처럼 쌓여 있었다.

어떻게 도망쳐 왔는지 전혀 기억나지 않았다.

상황을 분석해보니 역 근처의 햄버거 체인점으로 뛰어든 것 같았다. 평일 낮임에도 불구하고 붐벼서 평소 같으면 질색했겠지만, 지금만큼은 너무나 감사했다.

놓여 있는 영수증을 보니 '수북하게 담은 버킷 감자튀김' 뿐. 음료수조차 없이 그 한 문장만 달랑 적혀 있었다.

넋을 놓은 채 바라보고 있는데 히죽히죽 웃는 아이를 데리고 온 아주머니가,

"혼자 먹기 힘들지? 대신 먹어줄게."

라고 일방적으로 말하고는 트레이째로 가져가 버렸다.

이런 몰상식한 인간이 이 세상에 있다는 사실에 놀랐다. 어차피 다 먹을 수 없었기에 어떻게 보면 도움을 받은 셈이기도 했다.

아주머니는 이를 수상히 여긴 점원과 실랑이를 벌이기 시작했고, 감자튀김은 비가 되어 쏟아지더니 주위는 아비규환이 되었다. 급기야 경찰까지 출동하는 소동이 벌어졌다.

내가 아무 생각 없이 수북하게 담은 버킷 감자튀김을 주

문하지 않았다면 이런 일이 벌어지진 않았을 텐데. 그런 죄책감에 시달렸지만, 넋을 놓고 있던 상태에서 되찾은 감정은 이내 공포에 집어삼켜졌다.

무릎 정도의 높이에 떠 있던 두 눈. 완전한 사람의 목이 옆으로 누운 채 올려다보고 있었다.

사십 명을 죽인 사고 물건. 도전자들은 모두 보복당했고, 장난삼아 집에 부정한 짓을 한 자들뿐만 아니라 그저 가까이 있는 것만으로 맹위를 떨칠 정도의 불합리함.

과학으로는 해명할 수 없는 초자연적인 무언가가 내 몸에도 닥친 것이다. 이걸로 끝이라고는 생각되지 않았다. 그 두 눈에 홀렸을지도 모른다.

……나는 이제 어떻게 되는 걸까.

그것이 너무나 무서워 끝끝내 울음을 터뜨리며 오열한 탓에 경찰관들을 난처하게 만들고 말았다. 모든 것이 끝날 무렵엔 저물녘이 되어 있었다.

마음이 차분해졌다고는 하지만 이대로 집에 갈 엄두도 나지 않았다. 금요일도 아닌데 이 발은 자연스럽게 마스터에게로 향하고 있었다.

"어머, 어서 와 쿠루미."

선객은 없다.

최근에는 타마 씨 옆이 내 자리였지만 오늘은 금요일이 아니다. 타마 씨의 지정석에 앉기로 했다.

나온 첫 잔은 진피즈. 양손으로 잔을 잡고 원샷했다. 평소 같으면 절대 원샷으로 마시지 않는데 연달아 일어난 일로 목이 갈증을 호소한 것이다.

"어머나."

마스터는 재밌다는 얼굴로 바라보고는 빈 잔을 받아들며 물어왔다.

"금요일에 오는 게 완전히 습관이 된 것 같았는데······ 무슨 일이라도 있었니?"

『맞아요! 있었어요! 타마 씨가 사는 사고 물건을 보러 갔는데 거실을 들여다보니 두 개의 눈이 딱!』

라는 말은 차마 할 수가 없었다.

아무리 사랑은 맹목적이라고 하지만, 해도 되는 것과 안 되는 것 정도는 구분하고 있었다. 철없는 행동을 해버린 이상 이런 일이 있었다는 사실은 아무리 마스터가 상대라도 말할 수 없었다.

"치, 친구의, 친구 이야기인데······."

오컬트 마니아가 그 집에 방문해 거실을 들여다봤다더라. 그랬더니 자신을 들여다보는 두 눈과 마주치고 말았다. 그 집은 위험하다, 진짜다, 라며 호들갑을 떨었다는 이야기를 친구를 통해 전해 듣고, 뒤늦게 타마 씨가 사는 집이라는 것을 알게 된 나는 마스터에게 찾아갔다.

오늘 일어난 일을 거짓을 섞어가며 그렇게 횡설수설 떠

들어댄 것이다.

그런 말을 하고는 머뭇머뭇 마스터에게 이어서 물었다.

"타, 타마 씨는…… 혼자 사는 거 맞죠?"

"응, 맞아."

"……지금, 친구가 잠시 자러 왔다거나?"

"그런 일은 없지."

부정하지 말아줬으면 하는 말을 마스터는 딱 잘라 부정
했다.

"그리고 평일 낮에는 일 때문에 타마는 집에 없어. 오늘
이라면 별반 다르지 않겠지. 그런데도 그 집에서 뭔가를
봤다면…… ."

마스터는 잠시 공백을 두고,

"보지 말아야 할 것을 본 게 아닐까?"

두 잔째 잔과 함께 의미심장한 미소를 지어 왔다.

이후에 어떤 이야기를 했는가. 숙취로 멍해진 머리는 아
무것도 기억하지 못했다.

제3화 선배는…… 바보야

내 자랑인 이 가슴속을 지배하는 것은 빼앗긴 현실에 의한 비애가 아니다.

도달할 것이라고 믿었던 미래가 이 손에 떨어지지 않았다는 것에 의한 실의. 그리고 허무함이었다.

신동인 내가 그토록 최선을 다했는데…… 왜 이런 종말을 맞이해 버린 것일까.

나는 내가 저질러 온 행동, 그 모든 것을 외면할 수 있는 생물이다. 그러나 이번만큼은 책임을 전가할 필요가 없었다. 책임의 소재, 나에게 잘못이 있다며 잘잘못을 따질 사람이 없기 때문이다.

아아, 그러니까…….

이렇게 허망한 생각을 품게 된 것은 전부, 전부, 전부——

"선배는…… 바보야."

추락할 때는 함께 추락하는 거다.

그렇게 약속해줬으면서 아무것도 해주지 않은 선배가 나쁜 것이다.

◆

시간은 몇 시간 전으로 거슬러 올라간다.

그저 나에게 편리해 가슴에 품게 된 마음. 사회는 이를 진정한 애정도 아니고 사랑도 아닌 단지 의존심으로 정의하고 있다.

하지만 그런 정의 따위는 나와는 관계없다. 엄마를 잃은 그날 이후 레일에서 벗어나 버렸다. 그래서 모두가 소중히 여기는 사회에는 속하지 않는다.

나의 사회는 선배와 딱 둘만으로 완결되어 있다. 우리들의 일은 우리들이 결정하면 된다. 사회에서는 의존심이라고 부르는 이 마음을 진정한 애정과 사랑으로 정의하면 되는 것이다.

맹목적으로 좋아하면 돼.

무조건으로 사랑하면 돼.

그렇게만 하면 편하고 즐거우니까…… 가슴속에서 솟아오르는 행복이 그것을 증명하고 있었다.

현실 사회에서는 용서받을 수 없는, 죄를 짊어짐으로써 오는 행복한 삶이 여기에는 있다.

햇빛 아래 이 죄가 드러날 때 우리는 사회에서 추방된다. 그 앞에서 벌을 받고 괴로워해야 할 날이 올 것이다.

나는 그 원한을 절대 잊지 않을 것이다. 사회가 이 행복을 빼앗고 우리를 몰아붙이는 날이 온다면 절대 용서할 생각이 없었다. 나는 내가 아무리 나쁘더라도 그 모든 것을 모른 척 외면할 수 있는 생물이다.

그리고 나는 신동이다. 그때가 오면 아무리 긴 시간이 걸린다 해도 이 이름을 역사와 Wiki에 새길 것이다.

이 시간이 영원히 이어졌으면 좋겠다. 그렇게 바랄 정도로 인생에서 큰 행복을 누리고 있었다.

"선배……."

그렇지만 동시에 시간이 더 빨리 갔으면 하는 바람도 들었다.

"원래 저는…… 미래를 버릴 생각이었어요."

"미래를 버려?"

"죽을 생각이었어요."

"……그래."

엉뚱한 고백을 해 버렸지만, 선배에게 놀라는 기색은 없다.

처음부터 그런 일은 예견되어 있었고, 그래서 오히려 나를 받아 준 것일지도 모른다.

"미래를 향해 문제를 계속 던져오다 보니 인생이 완전히 끝나서 더는 손쓸 방법이 없었어요. 저한테는 이제…… 무적 인간이 되는 길밖에 남아 있지 않았어요."

"거기선 혼자 가겠다고 말할 대목이잖아."

"얌전히 혼자 가는 선택지는 없어요. 되도록 많은 길동무를 만들어 이 이름을 역사와 Wiki에 새길 생각이었어요.

가족, 친척, 다나카를 길동무 삼아."

"또 말도 안 되는 선택지네. 다나카는 무슨 죄냐."

"일섬십계 레나팔트라는 이름을 걸고 그 부분만은 양보할 수 없으니까요."

"하여간…… 재미 삼아 길동무를 늘리려고 하다니. 넌 사람의 목숨을 뭐라고 생각하는 거야?"

"엔터테인먼트요. 여기서 다나카를 길동무로 삼으면 무조건 재밌잖아요."

선배가 눈썹을 치켜올렸다. 처치 곤란한 아이를 보며 어이없는 녀석이라며 쓴웃음을 짓고 있었다.

"근데 그럴 때 재미만을 줬던 사람이 떠올랐어요. 얼굴도 목소리도 나이도 모르는 상대와 마지막에 만나보고 싶다고."

"대인공포 말더듬증 커뮤니케이션 장애가 또 말도 안 되는 생각을 떠올렸구나. 5년을 어울렸는데? 굳이 만나볼 필요도 없이 한심한 놈이라는 것 정도는 알고 있었잖아?"

"그 한심한 사람과의 시간만이 인생의 유일한 빛깔이었어요."

"그거 정말 한심한 인생이네."

조소 섞인 비아냥. 하지만 그 목소리의 음색은 너무나도 다정해서, 그것이 무척 사랑스럽게 느껴졌다.

눈시울이 열을 띠기 시작했다. 그런데도 뺨은 경직되기

는커녕 기쁨으로 완전히 풀어져 있었다.

"이건 한심한 인생에서 꾸고 있는 마지막 꿈. 깨어난 그 마지막 끝은 정해져 있어요. 미래 따윈 필요 없어. 조금이라도 더 오래 이 꿈에 빠져 있고 싶어. 그러니까 언젠가 추락할 그때까지 이렇게 곁에 있게 해주세요."

애처로움마저 느껴지는 얼굴.

계속 바라보고 싶다는 생각이 들었다.

하지만…… 지금은 살짝 이 눈을 감았다.

새로운 행복의 형태를 받아들이기 위해 이 몸을 내맡기려 한 것이다.

1초, 2초, 3초…….

생각한 기대의 크기와는 달리 심장 박동은 차분했다. 그것은 분명 우리 사이에 흐르는 시간이 매우 잔잔하기 때문일 것이다.

4초, 5초, 6초…….

이 짧은 시간에 초조함과도 가까운 답답함을 느꼈다. 그것이 동시에 앞으로 다가올 행복에 대한 기대를 높이고 있었다.

7초, 8초, 9초——

"그래."

토옥, 하고.

"그 꿈이란 녀석, 제대로 끝까지 어울려 줄게."

정수리에 손이 얹어졌다.

인자하고 상냥하게, 선배는 내 머리를 쓰다듬어 주고 있었다.

어라…… 하고 무심코 목소리를 낼 뻔했다.

마음을 둔 상대가 이렇게 해주면 물론 기쁘기는 하다. 언제까지나 이러고 있었으면 좋겠고 앞으로도 몇 번이라도 해줬으면 좋겠다.

불만은 없다. 없지만…… 생각했던 것과는 달랐다.

그 손을 얹고 싶었던 것은 머리가 아니다. 뺨이다. 그대로 끌어당겨 서로의 얼굴 거리가 제로가 되기를 기대하고 있었다.

알고 있다. 우리의 미래는 여기가 종착점이 아니다. 앞으로 문제밖에 쌓여 있지 않은 미래를 향해 나아가게 될 것이다. 선택한 미래는 예상치 못한 불행 하나로도 모든 것이 엉망이 되어 끝을 맞이할 수도 있는 불확실한 지대다.

아무리 오늘이라는 날을 보기 좋게 마무리한다고 해서 그것들이 없어지는 것은 아니다.

하지만 여기서는 일단 『두 사람은 행복한 키스를 하고 해피엔딩, 끝. 우리의 싸움은 이제부터야!』라고 마무리하는 장면 아닌가.

아무리 우리의 관계가 용서받지 못한다고 해도 지금은 그런 흐름이었다. 그런데 지금 상황은 그보다 한참이나 아래.

계단을 오르기는커녕 멈춰 서 있다. 여기서는 한 명의 남자로서, 그리고 어른답게 확 결단해줬으면 좋겠는데. 끌어안고 뜨거운 포옹을 거듭하는 정도는 하고 싶었다.

왜 선배는 이 손을 이끌고 계단을 올라가지 않은 걸까.

나는 신동이다. 선배의 사고를 추적하면 그 이유를 어느정도 도출해낼 수 있었다.

내 마음을 생각해서? 아니다.

쌓아온 관계성이 틀어지는 것을 꺼려서? 아니다.

성인 남성이 15세 소녀를 성추행했다며 신고당하는 게 두려워서? 아니다.

여자친구 없는 이력이 곧 나이라는 경험 부족으로 인해 남자다움을 보여줄 기회를 져버린 것이다.

정말이지 선배답다고나 할까. 이럴 때 자신다움을 보여주면 어쩌자는 건가. 솔직히 실망스럽다.

……하지만 그런 사람이기 때문에 나는 의존해 버리고 말았다.

정말 어쩔 수 없는 사람이다.

"선배……."

그리고 눈을 뜨고 쳐다보며 다시 재도전을 시작했다.

"저는 당신을 만나기 전까지 줄곧 약하기만 한 아이였어요."

"마치 지금은 강하다는 듯한 말투로군."

"그야 약하기만 한 아이로 남아 있었다면…… 이렇게 도 망갈 길을 선택하는 것조차 생각하지 못했을 테니까요."

예전의 나는 자아를 갖고 있지 않은 아이였다.

그저 자신이 좋아하는 언니의 흉내만을 내고 있었다.

자신이 좋아하는 엄마가 칭찬해주면 행복했다.

하지만 어느 날 나는 엄마를 잃었다. 그날 이후부터 언니 흉내를 낼 수가 없게 되었다.

한 번은 언니의 손에 이끌려 사회의 울타리 안으로 돌아갔다. 거기서 모범적인 사회의 해답을 내놓으려다가 심한 처사를 당해 마음이 꺾이고 말았다.

이후로 나는 사회의 연결고리를 하나하나 끊어갔다. 마침내 언니와의 연결조차 싫증 난 나는 그 좁은 방 하나에서 모든 사회를 끝내버리고 말았다.

싫은 것에서 도망치는 것은 훌륭한 행동이 아니다. 편한 길을 계속 선택하며 편한 삶에 안주하고 떠내려왔을 뿐이다.

그러다 보니 편안한 길로 가는 선택지를 마침내 잃고 말았다.

약한 아이로 남아 있었다면 나는 아무것도 선택할 수 없었을 것이다. 설사 떠내려간 그 끝이 힘든 길이라는 것을 알았더라도 아무것도 못 하고 괴로워했겠지.

아아, 그러니까…….

괴로운 길에서 도망친다. 그런 선택지를 찾을 수 있었던 건 자아가 약하기만 한 아이가 아니었기 때문이다. 싫은 일에서 벗어날 수 있을 정도로 내 마음은 강하게 자랐다.

예전에는 말하지 않았던 과거와 함께, 이렇게 강한 나를 키워준 것은 틀림없는 당신이라고 말했다.

"언니 같은 사람들에게서 도망칠 힘을 선배가 준 거예요."

그리고 기대를 가슴에 품고 슬며시 눈을 감았다.

"그렇군."

토옥, 다시 올려진 다정한 손은,

"그거 정말 한심한 힘이네."

자애롭게 머리를 쓰다듬어왔다.

한없이 온화하고 다정한 시간만이 흘러갔다.

옆에서 보면 행복한 생각에 잠긴 것처럼 보이지만 전혀 달랐다. 왜 같은 일이 반복되는지 고민하고 있었다.

"선배……."

모든 일은 삼세판이다. 그런 생각으로 나는 다시 눈을 떴다.

"그날…… 저는 기뻤어요."

"그날이라고만 하면 모르겠는데."

"레나팔트와의 관계를 소중히 여겨줬잖아요."

나는 각오를 하고 선배의 집에 방문했다.

폐를 끼치는 이상 아무것도 안 할 수는 없다. 그런 후미노 카에데의 본심을 드러내고 만 것이다.

그런 나에게 선배는 공성전은 무기한 연기라고 말했다. 그 이유를 멋진 말로 포장했지만, 본심은 다르다. 우리 둘이서 쌓아온 관계가 이상하게 꼬이는 것을 꺼린 것이다.

어쩌면 자만일지도 모른다. 그래도 이것이 나에게 있어서의 진실이다.

그런 식으로 그때 내가 어떤 마음을 품고 있었는지 말해준 다음,

"저는 이제 선배만 있으면 돼요. 그러니까…… 앞으로도 계속 저만의 선배로 있어 주세요."

살짝 눈을 감았다.

진정한 애정이나 사랑이라고 정의한 마음을 충족시킬 수 있는 사회를 나는 스스로 선택했다.

선배, 당신이 너무 좋아요.

선배, 당신을 사랑해요.

앞으로도 계속 곁에 있게 해주세요.

현실 사회에서는 금단의 과실이라는 정의가 있을지 모르겠지만, 이곳은 햇빛이 들지 않는 사회. 그늘진 땅에 그런 정의 따윈 없다.

당신이 여물게 해준 이 열매를 부디 입에 넣어주세요.

그렇게 되돌릴 수 없는 곳까지, 부디 위험을 감수해 주세요.

"말 안 해도 그럴 거야."

그렇게 세 번째 도전을 마친 끝에는,

"너처럼 한심한 후배는 두 명이나 있으면 안 되지."

두 번 있는 일은 세 번도 있었다.

결코 밖에 알려지면 안 되는 우리의 관계. 그것이 아무리 반도덕적인 사회라고 할지라도 외부에서 보면 행복한 두 사람으로 보일 것이다. 안에서 북받치고 있는 이 감정을 완전히 오해할 정도로.

그것을 레나팔트의 발언으로 변환시키면 이렇게 된다.

『진짜 싸우자는 거냐, 이 자식아!』

◆

그리고 같은 일을 두 번 더 도전한 시점에서 내 마음은 꺾이고 말았다.

매일 밤 올려다보는 천장의 얼룩을 처음으로 세어보는 허무감에 젖어 있었다.

혹시 나한테 문제가 있었던 걸까. 아니 없다. 그런 고민을 거듭하다가,

"선배는…… 바보야."

결국 아무것도 해주지 않은 선배를 이 입은 비난하고 말았다.

제4화 맹목성 편집광의 사랑②

사고 물건의 공포 체험은 한 달가량 나를 괴롭혔지만, 거울이나 사진에 있어서는 안 될 것들이 떠오르거나 무언가가 나를 보고 있는 기색은 없었다. 그 후 아무 일도 없었고 불운이나 재액이 닥치는 일도 없었기 때문에 그때 가졌던 두려움은 완전히 사라졌다.

절실히 떠올린 생각은, 사랑하는 이의 주거지라고는 하나 다시는 다가가고 싶지 않다. 딱 그 정도였다.

아무 일도 없는 것은 두려워했던 심령 현상만이 아니었다. 타마 씨와의 진전에 대해서도 마찬가지였다.

한결같이 아무 일도 없었다. 딱 한 번, 우연히 행선지에서 마주친 적이 있었을 뿐 마스터의 가게에서 헤어나올 수가 없었다.

우리는 어디까지나 가게의 단골, 거기서 수다를 떨기만 하는 사이. 친해지기는 했지만, 연락처 하나 얻지 못한 채한 발짝도 나아가지 못하는 것이다.

이런 상황에 역시나 모미지도 눈을 동그랗게 뜨고,

"설마 그 마도카가 손 한 번을 아직도 못 잡다니……. 네 사랑이 다섯 번째 만에 결실을 보는 걸지도 모르겠네."

나에게 손을 대려고 하지 않는 타마 씨에게 감탄하고 있었다. 이번에는 제대로 된 남자를 사랑했다며 모미지도 인정하기 시작한 것이다.

좀 더 사회적 지위가 높았다면 좋았겠지만, 하고 찔러오긴 했지만, 그 이상은 없었다. 자신의 아빠가 그랬기에 사회적 지위가 높은 사람과 사귀는 것이 곧 행복으로 직결되지 않는다는 것을 잘 아는 것이다.

요즘은 힘내라고 등을 밀어줄 정도로는 응원해주고 있었다.

절친이 이 사랑을 인정해 준 것은 기쁘지만 조금도 진전되지 않았다는 사실은 변하지 않았다. 지금까지 귀여움 하나로 모든 것을 손에 넣었기 때문에 사랑의 밀당이라든가 상대방의 마음을 끄는 법 같은, 인간성을 활용한 경험치가 부족했다.

육식녀처럼 먼저 들이대지 않는 것은 자신이 적극적으로 다가갔다가 이 사랑에 결정적인 파탄을 초래하는 것이 두렵기 때문이었다. 그래서 진전없는 은근한 떠보기만을 계속하고 있었다.

그래도 나름 친해지면서 나에 대한 태도도 조금씩 편해졌다. 이야기하다가 타마 씨의 양손이 내 뺨에 닿는 이벤트가 발생했을 정도다. 보통이라면 성희롱이었겠지만 타마 씨한테 당한 거라 행복했다.

무슨 일이 있었는지는 접어두기로 하고, 타마 씨와의 관계는 달팽이 같은 속도로밖에 진행되지 않았다. 안개를 잡는 것 같은 미지근한 반응뿐이다.

사건이 일어난 것은…… 아니, 일어난 것이 발각된 것은 9월의 연휴. 그 끝. 그날 밤의 일이었다.

모미지에게 전화가 걸려온 것이다.

우리 사이에서는 전화를 할 땐 미리 메시지로 지금 통화해도 괜찮은지 물어본다. 그런 것 없이 갑자기 온 착신이라 많이 급한 일인가 싶어서 받아보니,

"……카에데가 가출했어."

다 죽어가는 듯한 목소리가 귓전을 때렸다.

"어떻게 하면 좋지…….."

모미지는 도움을 청하듯 연달아 말했다.

요점은 알 수 있지만, 어딘가 뚜렷하지 않은 불명확함.

"잠깐, 잠깐만, 모미지! 지금 어디 있어?"

"집…….."

"집? 집에 있는 거지? 지금 갈 테니까 기다려!"

조심성 없게 열쇠도 잠그지 않고 현관 밖으로 뛰쳐나갔다. 전화를 끊지 않은 채 위를 향해 계단을 뛰어올랐다.

이사할 때 바로 옆집으로 하고 싶었지만 그렇게 타이밍 좋게 양쪽 옆집이 비어 있지는 않았다. 옆집은 고사하고 같은 층에서도 찾을 수 없었다. 그 대신 우리는 한 층 떨어진 집을 선택했다.

모미지 집은 내 바로 위. 직선거리로 따지면 옆방보다 더 가까울지도 모른다.

초인종을 누르지 않고 문에 손을 가져갔다. 혼자 사는 젊은 여자의 집임에도 불구하고 잠겨 있지 않다.

지금은 그 부주의함에 감사하며 그대로 안으로 들어갔다.

방은 똑같은 2LDK. 훤히 알고 있는 구조였다.

거실로 뛰어들자 소파에 몸을 던진 모미지가 보였다.

강도처럼 들이닥친 나를 두려워하지도 않고, 놀라지도 않고,

"마도카…… 어떻게 하면 좋지."

다 죽어가는 목소리로 전화기 너머의 대사를 반복했다.

다크서클이 내려온 그 눈동자는 내 모습을 비추고만 있을 뿐 보고 있지 않았다. 볼이 야위었다고 할 정도까지는 아니었지만, 붉은빛을 잃을 정도로는 안색이 초췌했다. 마치 병에 걸리기라도 한 것 같은 변화였다.

"카에데, 언제 가출했는데?"

소중한 사람을 잃기라도 한 듯 축 늘어진 모미지의 상태. 분명 어제오늘 이야기는 아니다. 일주일이나, 2주일일 수도 있다.

어느 정도의 예상치를 각오하고 다음 말을 기다리는데,

"——전……."

"응……? 일주일 전?"

"5개월 전⋯⋯."

그런 수준의 이야기가 아니었다.

5개월이나 전에 집을 나갔고, 있는 곳조차 모른다. 그건 가출 같은 단순한 말로 표현할 수 있는 것이 아니었다.

행방불명. 이것이 가장 정확한 대답이다.

그리고 모미지가 중얼중얼 이야기를 꺼내기 시작했다.

상경한 지 5개월. 한 번도 돌아가지 않았던 모미지였지만 이번에는 연휴를 이용해 귀성길에 올랐다. 모미지의 대학 여름 방학은 9월 말까지다. 그래서 이번 귀성은 모미지의 연휴에 맞춘 것이었다.

이렇게 오랫동안 카에데 곁을 떠나 연락을 주고받지 못한 적은 처음이었다. 카에데에게 문제가 있으면 반드시 아빠에게 연락이 온다. 연락이 없었으니 학교에 문제없이 다니고 있을 것이라 철석같이 믿고 있었다.

학교에 다닐 수 있다면 분명 모미지는 큰 성장을 이뤘으리라. 그 모습이 기대되어 귀성길에 올랐고, 모미지를 기다리고 있던 것은 5개월째 사용되지 않은 여동생의 방이었다.

『도쿄에 있는 언니에게 갑니다.』

카에데는 그런 메모를 남기고 가출을 해버렸다.

무소식은 희소식. 학교에 다니게 되었다고 믿었던 모미지는 경악했다.

무소식은 희소식. 가정부는 모미지 곁에 있는 줄 알았다며 경악했다.

무소식은 희소식. 아무에게서도 연락이 없어서 이번 일을 그대로 방치해 온 아빠 또한 경악했다.

무소식은 희소식. 아무도 카에데의 거처를 모르니 무소식이 희소식이라는 일은 애초에 없었다.

입학식 하루 만에 카에데의 마음은 꺾여 버린 것이다. 이틀째에 곧바로 원래의 등교 거부 학생으로 돌아가 버렸다고 한다. 아니나 다를까, 그 학교에 카에데를 갑자기 집어넣는 것은 장벽이 너무 높았다.

등교 거부에 진저리가 난 아빠는 학교에 가지 않으면 24살도 넘게 차이 나는 연상에게 시집을 보낸다는 폭탄 발언을 했다고 한다. 당사자는 협박만 할 생각이었다고 변명했지만, 모미지는 그 말을 믿지 않았다. 황금연휴가 끝난 후에 퇴학계가 제출된 것이다. 아마 틀림없는 진심이었겠지.

아빠의 진심은 카에데에게도 전해졌을 것이다.

인생에서 처음으로 궁지에 몰린 카에데의 행동은 히키코모리라고는 생각할 수 없을 정도로 빨랐다. 다음 날 바로 가출을 결행해 완전히 잠적해 버렸다.

카에데의 계좌를 조사했더니 ATM 한도액이 이틀에 걸쳐 인출되어 있었다. 그것만 있으면 도쿄뿐만이 아니라 일본 내 어디로든 갈 수 있을 것이다.

단서는 제로. 현재 있는 곳은 둘째치고 첫 번째 행선지조차 알아낼 수 없었다.

이렇게 해서 카에데의 실종 사실이 발각되었지만, 지금부터가 또 가관이었다. 당장 경찰에 신고하려던 모미지를 아빠가 말린 것이다.

듣기 좋은 그럴싸한 말을 주절주절 늘어놓으며 장황하게 말했다는데 요약하면 이렇다.

"딸의 가출을 이렇게 오랜 시간 눈치채지 못한 채로 실종된 거다. 이따위 추문을 어떻게 세상에 드러낼 수 있겠어!"

딸이 실종됐는데도 이런 상황이었다. 그때서야 아빠를 아빠라 여기지 않는 모미지의 마음을 이해할 수 있었다. 그 모습은 그야말로 사원의 실수를 은닉하려는 사장의 모습이었다.

큰일로 만든다면 만약 카에데가 돌아와도 원만하게 끝나진 않을 거다. 모미지의 손이 닿지 않는 누군가에게 맡겨버리겠다고 은연중에 협박까지 했다는 것 같다. 그 대신 집안에서 모든 문제를 수습했을 때의 약속도 받아왔다고 한다.

그렇다고 해도 카에데의 행방은 도무지 짐작이 가질 않았다.

실종되고 이 정도의 기간이 지났다. 성한 몸 상태를 운운하기 전에 육체에 영혼이 남아 있는지를 걱정해야 했다.

행적은 불명.

그래도 실낱같은 희망을 걸고 모미지가 가져온 것이 있었다.

"컴퓨터……?"

"카에데 책상에 남겨져 있었어."

나와 이야기하는 사이에 멀쩡하다고는 할 수 없어도 모미지는 약간의 기력을 되찾은 상태였다. 고개를 숙이고만 있을 순 없으니 마음을 다잡은 것일지도 모른다.

가방에서 꺼내 건네진 은색 노트북. 어디에나 있을 법한, 내일이라도 잊어버려도 그만인 재미없는 디자인이었다.

모미지에게 눈을 돌리자 그녀가 고개를 끄덕였다.

전원을 켰다. 바로 익숙한 OS 로고가 떴다.

다만 데스크톱 화면에 도달하지는 않았다.

"패스워드는…… 역시 잠겨 있네."

이 전자문이 열리기만 한다면 카에데의 첫 행선지를 나타내는 이력, 또는 그에 준하는 것이 남아 있을지도 모른다.

지금의 그녀들에겐 금은보화나 다름없는 정보였다.

문제는 '열려라 참깨'의 주문을 모른다는 것.

뭔가 힌트는 없을까 고민할 필요는 없었다. 입력 화면 바로 밑에 버젯이 『비밀번호 힌트』라고 적혀 있었다.

"쿠레나이요의 날*……?"

모미지와 얼굴을 마주 보았지만, 그곳에는 답이 실려 있

---

*그대로 해석하면 받지 못하는 날이라는 뜻이다.

지 않다. 있었던 것은 내 얼굴에 답이 적혀 있나? 그런 기대를 품은 눈동자뿐이다.

서로 한숨을 내쉬었다.

일정 횟수를 잘못 치면 제한되는 보안장치는 없는 것 같았다. 그러니 떠오르는 모든 것을 전부 다 시험해 봤을 것이 분명했다.

"모미지, 오늘은 이만 쉬어."

귀성하자마자 카에데 문제에 쫓기느라 상당히 지쳤을 것이다. 흙빛으로 보이기까지 하는 그 얼굴이 그것을 여실히 증명해주고 있었다.

"나도 여러모로 시도해볼게."

방법 같은 건 전혀 없었음에도 내게 맡기라며 호언장담했다.

매달리는 듯한 모미지의 전화. 아마 무의식적으로 걸어버렸던 거겠지.

해결책을 원한 것이 아니다. 약한 소리를 할 상대로 가장 먼저 나를 선택해 준 것이다.

그것이 기뻤다. 그래서 조금이라도 모미지가 앞을 향하는 데 도움을 주고 싶었다.

"고마워, 마도카."

어쨌든 흑역사 속에서 울어온 나를 늘 위로해주고 보듬어줬던 것은 이 절친이었으니까.

◆

"쿠레나이요, 쿠레나이요……."

탁상의 노트북을 마주 보며 주문을 외듯 계속 반복했다.

대체 넌 뭘 원하는 거냐면서.

새벽 두 시. 완전한 한밤중.

불을 켜지도 않은 채 아까부터 한 시간째 이러고 있었다.

모미지에게 노트북을 받아와 이것저것 계속 쳐봤지만
모든 것이 꽝. 내일 다시 생각하자며 이불 속으로 들어가
봐도 잠이 오지 않았다. 머릿속에서 끝없이 '쿠레나이요,
쿠레나이요' 하는 울림이 들려오는 것이다.

잠을 이루지 못하고 다시 책상에 마주 앉았다.

눈에 나쁘다는 것을 알면서도 어둠 속에 있는 유일한 불
빛을 하염없이 바라보았다.

"쿠레나이요, 라. 카에데…… 넌 대체 뭘 못 받은 거야?"

일본 어딘가에 있는 절친의 여동생.

그녀를 향해 답을 구해봤자 소용없었다. 이 물음이 닿지
않아서가 아니다. 내 뇌 속의 카에데는 말을 하지 못한다.

후미노가는 몇 번이나 방문했지만 카에데와는 제대로
된 대화를 나눈 적이 없었다. 은둔 후에도 그렇지만 엄마
가 살아 계실 때부터 그녀는 소극적인 성격이었다. 소개받

은 후에도 한두 마디 주고받았을 뿐 방에 틀어박히는 형태로 도망쳐 왔다.

어떤 목소리를 갖고 있었는지조차 잊어버려서 카에데의 목소리를 상상할 수 없었다.

"쿠레나이요, 쿠레나이요…… 쿠레, 나이, 요……."

블루라이트를 잔뜩 쐬고 있는데도 점점 수마가 쏟아졌다.

"쿠레나이, 요…… 저물지 않을 것, 같은*."

의식하고 한 행동은 아니지만 말을 나눠가면서 말하는 와중 자연스럽게 한자로 변환되었다.

안 줄 것 같은 날, 뭔가를 못 받았다. 원하는 것이 있다. 그런 식으로 파악하던 중 다른 의미가 아닐까 하고 발상을 전환한 것이다.

"저물지 않는다, 어두워지지 않는다, 당기지 않는다."

생각나는 대로 뇌 속에서 한자로 변환해 나가는데,

"붉은 잎…… 붉은…… 잎?!**"

몸이 벌떡 하고 앞으로 쏠리며 수마를 향해 노를 저어가던 배가 전복되었다.

떠올린 패스워드에 잠에서 번쩍 깨는 느낌이었다.

충동에 사로잡혀 네 자리 숫자를 두드렸다. 비밀번호는 튕겼다. 바로 다음 여덟 자리 주문을 때려 넣자,

"열려라, 참깨!"

---

*くれない. 한자어로 '저물지 않는다'라는 뜻도 있다.

*くれないよう. 紅葉. 주홍색 잎이라는 뜻도 된다.

굳게 닫혀 있던 전자의 문이 열린 것이다.

"하, 하하…… 설마."

웃음이 가슴속에서 흘러나왔다.

비밀번호의 단순함 때문이 아니다. 설정한 모미지의 마음. 그것을 떠올리자 자신이 더 벅차오른 것이다.

힌트인 '쿠레나이요의 날'. 생각해보면 너무나 간단한 문제였다.

쿠레나이는 『홍(紅)』. 요는 『잎(葉)』. 합치면 단풍이라는 단어가 되고, 그것은 읽는 방법이 두 가지 있었다.

하나는 『코요』. 그리고 다른 하나는 『모미지』.

모미지의 날.

'열려라 참깨'의 주문은 모미지의 생년월일이었다.

비밀번호에 가족 생일을 사용하지 않는 것은 상식 수준의 인터넷 지식이었다.

모미지가 말하길 카에데는 컴퓨터에 강한 아이라고 했다. 모니터와 노트북을 연결해서 듀얼 화면으로 다양한 것들을 했을 정도로.

그런 카에데가 비밀번호에 언니 생일을 사용하고 있었다.

모미지의 여동생 사랑은 일방통행이 아니었다.

그것이 마치 내 일처럼 기뻐 눈시울이 젖고 말았다.

……혹시, 하는 생각이 들었다.

일부러 비밀번호를 다시 설정하고 집을 나갔을지도 모

른다. 그렇지 않으면 힌트를 설정할 의미와 이유가 없다.

만약 그렇다면 문을 연 그곳에 무언가가 남아 있을지도 모른다. 그야말로 거처로 이어지는 무언가가.

바탕화면은 깨끗했다. 아이콘은 휴지통 하나 남아 있지 않았다. 그래서 작업바에 고정된 인터넷 브라우저부터 만져보기로 했다.

집을 나갈 때 사전 조사 정도는 거듭했을 것이다. 그 이력을 조사하면 뭔가 알 수 있을지도 모른다.

인터넷에 연결해 이력을 알아보려는데 북마크 폴더명이 눈에 띄었다.

『언니에게』

그것을 망설임 없이 열자,

『여기서 기다릴게요』

그런 북마크가 남아 있었다.

역시…… 이 노트북은 모미지를 위해 남겨둔 것이다.

왜 카에데는 모미지에게 아무 말도 하지 않고 가출했을까. 자신의 편이어야 할 언니에게 어떤 마음을 품고 있었고, 어디까지 믿고 있었는지는 알 수 없다.

그래도 모미지에 이런 것을 남겨두었다. 어쩌면 카에데는 모미지가 찾아주길 바란 것일지도 모른다.

모미지를 위해 남겨진 것을 가장 먼저 본다는 것이 조금 망설여졌다. 당장 이걸 보여줘야 한다고 생각하는 반면 저렇게 피곤해하는데 굳이 억지로 깨우지 않고 쉬게 해주고 싶기도 했다.

이것을 모미지에게서 넘겨받았다는 명분은 있다. 결국 어설프게 알기보단 내용물을 정밀하게 조사한 후 넘겨주기로 마음을 먹었다.

북마크를 클릭하자,

"……음, 이게 뭐야?"

열린 페이지, 『WHERE'S WALDO?』라는 제목 옆에 적백의 줄무늬 모자를 쓴 남자 그림이 첨부되어 있었다.

월리를 찾아라. 문득 그런 일본어가 머리에 떠올랐다.

카에데가 떠난 곳을 보여주는 지도와 사진, 홈페이지 등을 상상하고 있었던 만큼 당황스러웠다.

무슨 에러인 건가 싶어서 같은 북마크를 다시 클릭해봐도 역시나 이 페이지가 열렸다.

중앙 버튼에 스타트가 있다.

일단 그걸 눌러보니 레트로함이 느껴지는 음악이 울려 퍼지기 시작했다.

변화는 그뿐. 정말 월리를 찾아라가 시작되고 만 것이다.

카에데는 왜 이런 걸 남겼을까.

잘못 등록한 걸까? 아니면 월리를 자신과 겹쳐서 본인을 찾아주었으면 하는 마음을 담은 걸까.

월리를 찾는다 한들 카에데를 찾아낼 수 있는 힌트를 얻을 수 있을까 하는 의구심이 들었다. 하지만 의미 없는 것을 남겼다고 생각하기도 어려웠기에 찾을 수 있는 만큼 찾아보려고 하는데,

"어?"

음악이 갑자기 멈췄다.

끊기는 방식에 불길함을 느끼면서도 이것이 끝이라고 생각하지 않고 계속 찾았다.

월리를 발견하고 클릭까지 하자 새로운 페이지로 이동했다. 그곳에 모미지의 거처를 보여주는 무언가가 있을 것이다.

그렇게 믿으며 화면을 계속 응시하는데,

『으아아아아아!』

"꺄아아아아아!"

갑자기 큰 소리가 울려 퍼졌다. 그에 지지 않을 만큼 커다란 비명을 지르고 말았다.

몸이 크게 뒤로 젖혀지며 의자째로 털썩 넘어졌다.

"아야!"

뒷머리를 부딪쳐 두통에 몸부림쳤다.

통증이 간신히 사라진 뒤에도 일어서지 못하고 얼이 나간 상태가 계속되었다.

그건 대체 뭐였지?

비명과 함께 눈두덩이가 붉게 짓무른 새하얀 얼굴이 화

면에 비쳤다. 눈을 감자 눈꺼풀 너머로 그것이 떠올랐다. 완전히 뇌리에 박혀 버려 꿈에 나오긴커녕 이대로는 잠들 수조차 없을 것 같았다.

십여 분쯤 그렇게 있었을까.

다시 노트북을 바라보자 첫 화면으로 백. 스타트 버튼이 있었다.

누가 시작할 줄 알고!

속으로는 그렇게 외치면서도 마음을 진정시켰다.

왜 카에데는 이런 걸 남긴 걸까. 그 의도가 전혀 떠오르지 않았다.

북마크 이름을 변경할 때 남길 것을 착각한 걸까.

이력 중에 진짜로 남기고 싶었던 게 있을지도 모른다.

그렇게 마음을 고쳐먹고 이력을 열자 딱 두 건만이 남아 있었다.

『월리를 찾지 마』

『언니의 친구에게』

전자는 가장 최근 시간. 후자는 카에데가 집을 나간 전날의 날짜.

언니에게가 아니다. 언니 친구에게다.

어떻게 된 건가 싶어 열어보니 게시판 글로 이동했다.

"아, 아아……."

화면에 펼쳐진 광경에 눈을 부릅뜨고, 입을 쩍 벌렸다.

개구리가 으깨진 듯한 소리가 났다.

남아 있던 북마크는 틀린 것이 아니었다. 그것은 의도적으로 남겨진 것임을 깨달은 것이다.

언니의 친구에게란 게시글 제목.

거기에 달린 글은 딱 하나.

『꼴 조ㅇㅇㅇㅇㅇㅇㅇㅇㅇㅇ오타ㅋㅋㅋㅋㅋㅋㅋㅋㅋ』

손바닥 위에서 화려하게 놀아난 자에게 바치는 조롱의 박수였다.

제5화 그리고 악습은 계속해서 계승된다

언니가 나를 찾기 시작했다. 그 현실을 직시하고 나는 언니에게 돌아가는 것을 선택하지 않았다.

선배 곁을 떠나고 싶지 않다. 선택한 것은 나 자신의 의존심을 충족시킬 수 있는 사회였다.

이 선택의 결과 앞으로의 미래가 어떻게 될지는 알 수 없다. 알 수 있는 것은 햇빛에 드러났을 때 사회가 어떠한 제재를 우리에게…… 아니, 선배에게 내리는가. 내려진 그 끝에 이 행복이 빼앗겼을 때 내가 취할 행동 정도겠지.

적어도 그 미래는 지금으로서는 다가올 기미가 없어 보였다.

"어서 오세요."

"오, 다녀왔어."

오늘도 선배는 문제를 가져오지 않고 아무런 걱정 없는 얼굴로 귀가했다.

"뭐야, 와 있었어?"

그리고 내 어깨, 그 건너편을 들여다보며 말했다.

그 얼굴에는 조금도 놀란 기색이 없었고, 뜻밖의 손님을 빤히 쳐다보는 일도 없었다.

"정말로 요즘 자주 오네."

낯설지도 않은 익숙한 얼굴에 안녕, 하고 가볍게 인사를 하는 정도였다.

그것은 선배의 오랜 친구도 아니고 사이좋은 이웃도 아니다. 그렇다고 호러 하우스에 홀린 악령이나 괴물도 아니고, 흘러든 미치광이나 강도도 아니었다.

그 검은색 털 뭉치는 미치광이 거실에서 자기주장을 강렬하게 하는 제단, 모독적인 갖가지 제물과 한 몸이 된 듯 최상단 끝에 우두커니 앉아 있었다.

선배를 알아차린 그 털 뭉치는,

"야—옹."

큰 하품을 하듯 울며 화답했다.

그 털 뭉치를 한마디로 표현하자면 바로 고양이. 조금 더 설명을 덧붙이자면 검은 고양이. 불길함의 상징이자, 어떻게 보면 이 집과 무척 잘 어울리는 생물이었다.

"이런 시간까지 있다니 별일이네, 쿠로스케."

그 이름은 쿠로스케. 전 길고양이였던 집고양이다.

이름을 지은 것도, 그 주인도 선배가 아니었다.

애초에 이 인근에서 태어난 길고양이이자 아는 얼굴을 발견하면 그 옆을 걸어주는 마스코트 같은 존재였다고 한다. 검은 고양이니까 쿠로스케*. 직관적인 이름이지만 길고양이가 자연스레 불리게 되는 이름이란 본디 그런 것이었다.

---

*쿠로는 일본어로 검다는 것을 의미.

그런 쿠로스케의 세력권이 아무래도 이 집 부지 내였던 것 같다.

그런 쿠로스케는 어느 날 밤 동네에 있는 소동물 학대 범 아저씨에게 붙잡히고 말았다. 다음 날 소동물 학대범 아저씨는 숨어든 빈집털이와 조우해 칼에 찔리는 재난을 겪었다.

이후 누군가의 집고양이로 들어가게 된 쿠로스케는 선 배가 이사 온 뒤 자주 집에 들여보내달라며 울었고, 들어 온 뒤부터는 제단에 진을 치고 있다고 했다.

인근 주민들이 공포에 떠는 우리의 호러 하우스. 고양이 는 사람이 보지 못하는 것을 본다고 하는 만큼 쿠로스케는 은혜를 가져야 할 상대를 알고 있을지도 모른다.

쿠로스케는 선배의 선배. 이 집에 인정받았다는 의미에 서는 그럴지도 모른다고 선배는 말했다.

"여전히 가드가 엄격하구나."

쓰다듬으려는 선배의 손을 쿠로스케는 꼬리로 찰싹 쳐 냈다.

길고양이 시절부터 옆을 걷는 일은 있어도 만지는 것을 허락할 정도로 다정한 고양이는 아닌 듯했다.

"젠장, 이 차별 고양이 같으니."

다만 나는 이렇게 쉽게 머리 쓰다듬는 것을 허락받고 있다. 남녀차별을 한탄하듯 선배는 얼굴을 찌푸렸다. 그대로 체념한 선배는 하루의 땀을 씻어내기 위해 몸을 돌렸다.

◆

식후 정리도 끝나고, 남은 건 선배의 방에서 취침하기 전까지 느긋하게 휴식하는 것뿐.

"음, 이게 뭐야?"

간신히 자리에 앉은 순간, 선배가 의아함이 담긴 목소리를 냈다.

올려다보자마자 이 눈에 들어온 것은 의자에 앉아 있는 선배의 등. 그리고 책상에 앉아 있는 쿠로스케. 쿠로스케는 얇은 종이 한 장을 물고 있었고, 선배가 그것을 받는 듯한 구도였다.

"그림인가……?"

아, 하고 소리칠 새도 없었다.

선배가 손에 든 종이. 노트 종이에 무엇이 그려져 있는지는 여기서 보지 않아도 알고 있었다.

제단에서 낮잠을 자는 쿠로스케. 디포르메화하지 않고 사실적으로. 마치 흑백 사진을 그려낸 것 같은 터치감. 연필 한 자루로 그린 것이었다.

"네가 그린 거야?"

"야옹."

쿠로스케가 대답했다. 물론 고양이 손으로 그린 것은 아니었다.

『뭐, 일단은요.』

"호오······."

그 그림은 내가 그린 것이다. 그것을 긍정하면서도 부끄러운 것을 보였다는 생각에 뺨이 열이 감돌았다.

신기한 것을 보듯 선배가 찬찬히 그림을 바라보았다.

『너무 빤히 보지 않았으면 좋겠는데요.』

"빤히 본다고 부끄러워할 실력도 아니잖아."

『아뇨. 한 자릿수 나이 때부터 상향되지 않은 실력의 그림을 보여주는 건 아무리 저라도 부끄러워요.』

"뭐? 이런 수준의 그림을 초등학교 때부터 그린 거야?"

선배는 경탄하며 동그랗게 뜬 눈을 다시 그림에 떨어뜨렸다.

"이 정도로 잘 그리면 엄청난 거지. 실제로 모델이 된 당사자도 봐달라고 가져올 정도잖아."

조금도 놀리지 않고, 선배는 그저 대단하다고 칭찬해주었다. 그 손은 그림을 가져온 쿠로스케에게 뻗었지만 역시나 꼬리로 찰싹 맞고 떨어졌다.

통, 하고 마루를 울리며 내려온 쿠로스케는 내 옆에서 몸을 말았다. 부드럽게 어루만지는 나를 보며 노골적인 남녀차별에 선배는 미간을 좁혔다.

그림을 그린 것은 오랜만이었다. 다시 말해 엄마가 돌아가시기 전, 초등학교 4학년 이후 처음이었다. 행복한 추억과 함께 줄곧 묻어둔 것이었다.

그걸 다시 꺼내자고 생각한 것은, 기분 좋은 듯 잠들어 있는 쿠로스케를 보고 문득 과거가 떠올랐기 때문이다. 그러고 보니 이런 무방비한 고양이를 딱 한 번 같이 그린 적이 있었는데, 하는 그리움을 느낀 것이다.

선배가 노트 종이를 팔랑거렸다.

"이렇게 잘 그리는 걸 보니 어렸을 땐 사실 화가가 되고 싶었던 거 아냐?"

『오, 역시 선배. 정답이에요.』

"뭐야, 진짜였어?"

맞장구를 친 본인이 가장 놀란 얼굴을 하고 있다.

『언니 쪽이긴 하지만요.』

"언니 쪽?"

이야기의 의도를 파악하지 못해 선배는 무슨 소리냐는 듯 고개를 갸우뚱했다.

『아주 어린 시절부터 전 언니 껌딱지였거든요. 옷부터 소품, 취미에 이르기까지 뭐든 언니랑 똑같은 게 좋아서, 그런 식으로 흉내만 내던 아이였어요.』

"그럼 이 그림은?"

『언니 취미가 연필화였어요. 이건 그걸 따라 하다가 습득한 어린 시절 기술인 셈이죠.』

그림 그리는 것을 좋아했던 것이 아니다.

사랑하는 언니를 따라 하며 함께 무언가 할 수 있다는 사실이 좋았다.

그러니까 이렇게 보다시피 언니에게서 도망친 이후로는 그림을 그리는 일이 없어졌다.

오늘 그린 그림도 그리움에 사로잡혀 그린 것이라서 재미는 찾아볼 수 없었다. 찾아낸 것은 더는 돌아오지 않는 행복한 추억뿐이다.

예전에는 언니와 같은 것을 똑같이 그릴 수 있었다. 하지만 지금까지도 계속 그리고 있는 언니와 비교하면 천지 차이일 것이다. 그 사람은 지금도 분명 좋아해서 계속 그리고 있을 테니까.

『참고로 언니 정도 레벨이 되면 초상화 하나로 표창장을 받을 수 있었죠.』

"그림 콘테스트에서?"

『경찰한테서요.』

"경찰?"

『뺑소니 범인의 초상화를 그렸거든요. 그 덕분에 범인이 금방 잡혔다더라고요.』

"그렇다는 건 언니가 뺑소니를 당한 쪽이었나?"

『목격자예요. 그렇다고 뺑소니 순간을 목격한 건 아니었던 것 같지만요.』

"무슨 뜻이야?"

당황스러운 낯빛으로 선배가 팔걸이에 팔을 얹고 턱을 괴었다.

『폭주족과 맞먹는 속도로 자전거가 달려와서 스쳐 지나갔대요. 위험하네, 하고 생각하면서 모퉁이를 돌아보니 거기 사람이 쓰러져 있어 바로 신고했고요.』

"그게 그 자전거에 부딪힌 피해자였다는 거야?"

『맞아요. 그 자전거다! 라고 생각해서 초상화를 그렸더니 표창장을 받았다는 거죠.』

"아니, 아니, 아니…… 얼마나 기억력이 좋은 거야?"

선배는 이해가 안 가는 걸 넘어서서 괴로운 듯 눈살을 찌푸렸다.

"직후 현장을 목격했다면 몰라도 바로 직전에 스쳐 지나간 것뿐이잖아? 그걸 떠올리면서 그림으로 그리다니, 그게 보통 가능해?"

『사진 같은 정교함에 연연하지만 않는다면 어렵지 않아요. 특징만 잡아서 그리는 것뿐이라면 쉽죠.』

"너희 신동 자매에겐 쉬운 일일지도 모르지만 보통 사람들은 그 전에 얼굴조차 기억하지 못할걸."

『직전의 일도 생각나지 않는다니, 보통 사람들의 머리는 그렇게 불편한가요? 그 상태로 잘도 아무 부끄러움 없이 살 수 있네요.』

"그 신동의 뇌로 오늘이야말로 천장의 얼룩 수를 확실히 세게 해주마."

『꺄악, 당한다~!』

당장이라도 일어설 기세로 노려보는 선배에게 두려움은 전혀 없었다. 그럴 배짱이 없다는 것은 잘 알고 있다. 이런 식으로 놀려대는 대화도 어쩐지 오랜만이라 즐기는 여유마저 생겨났다.

충분히 잘 봤다는 듯 선배가 노트 종이를 내밀었다. 받아들고 시선을 떨어뜨렸다.

『뭐, 그런 언니를 따라 하면서 시작한 게 이거예요. 오랜만에 그렸는데 아직 이 정도의 실력은 남아 있었나 보네요.』

"단순히 흉내 내기로 시작한 게 이 정도라니. 정말로 넌 신동이구나."

접이식 책상에 뛰어든 쿠로스케가 동감이라는 듯 "냐앙" 하고 울었다. 그 모습이 무척 사랑스럽고 기쁘긴 했지만…… 그래도 역시 납득할 만한 수준은 아니었다.

언니와 함께 그리던 옛날에는 더 잘 그렸다. 엄마에게 두 사람 다 잘 그리네, 하고 칭찬받은 것은 더욱 정교하게 그렸다. 그것이 원동력이 되어 같은 것을 언니와 비교해도 손색없을 만큼, 귀염성 없을 만큼 그려낼 수 있게 되었다.

『지금 다시 생각해보면 언니는 왜 그렇게 상냥했을까.

잘 모르겠어요.』

깨닫고 보니 이 손은 자연스럽게 그런 마음을 토로하고 있었다. 레나팔트로서의 마음은 아니다. 후미노 카에데로서의 마음이 흘러나오기 시작한 것이다.

선배에게는 보여주고 싶지 않은 일면. 여느 때 같으면 바로 둘러댔을 상황이었지만 손은 바로 움직이지 않았다.

그런 내 심정, 혼란스러운 변화를 눈치챈 것일까.

"그만큼 네가 귀여웠던 거 아냐?"

새삼스럽다는 듯이, 상식을 일러주는 듯한 말투였다.

"뭐든 함께하는 게 좋다. 그 정도로 언니를 따랐던 거잖아. 그 솔직한 마음이 기뻐서 상냥하게 대해주고 싶었던 거겠지."

제삼자인 훌륭한 어른의 의견. 그것이 너무나도 선배와 어울리지 않아 그만 웃음이 나오고 말았다.

"일단 그때는 순수하고 천진한 아이였다고 했으니까 말이야."

자신답지 않다는 것을 자각하기라도 했는지 선배가 착실하게 개그로 마무리했다. 치켜세웠다가 떨어뜨리려고 일부러 그런 대사를 한 거야, 라고 애써 말하는 것만 같았다.

하지만 선배가 내 마음을 배려해 상냥하게 대해주었다는 것만은 잘 전해졌다. 그것은 솔직하게 기뻤지만,

『순수하고 천진한 아이라면 뭘 해도 용서받을 수 있다.

전 아마 거기서 벗어나 있었을 거예요.』

"벗어나?"

내가 몰랐던 언니의 마음은 그런 것이 아니었다.

잡은 곤충의 날개를 찢거나 다리를 떼어낸다.

개구리 항문에 폭죽을 넣어 파열시킨다.

개미 행렬을 짓밟고 그 집에 물을 채워버린다.

호기심에만 사로잡힌 채 아직 선악의 구별조차 제대로 하지 못하는 아이의 잔혹함. 남에게 상처를 주는 것이 아니라면 무엇을 해도 용서받을 수 있다고 생각하는 행동.

내가 해 온 일은 이것들과 다를 바 없는 행동이었는지도 모른다.

『따라 하고 싶고 같이 하고 싶은 건 공부도 마찬가지였 거든요.』

방과 후 친구 집에 가기는커녕 놀았던 기억조차 없다. 그렇다고 혼자 독서나 게임, TV에 몰두하지도 않았다.

매일같이 공부만 하는 날들이었다.

하지만 그것은 그 누구도 요구하지 않았다. 나에게 이것은 취미 같은 것. 언니에게 다가간다는 오락 행위였다.

교재에 부족함은 없었다. 아무리 그런 아빠라도 교육에 투자를 아끼는 사람은 아니었으니까.

그렇다고 학원에 다닌 것은 아니다. 혼자 묵묵히 그저 공부를 계속해 나갔다.

처음에는 모르는 것이 있으면 엄마와 언니를 의지했다. 하지만 엄마에겐 집안일이 있었고 언니에게도 언니의 공부가 있고 취미가 있고, 그리고 노는 친구가 있었다. 두 사람이 늘 곁에 있는 것도 아니었고, 왜 자신과 놀아주지 않느냐고 떼를 쓸 정도로 분별없는 아이도 아니었다.

모르는 것이 있으면 남에게 물어보기 전에 스스로 조사하는 버릇이 생겼다. 문제를 스스로 해결할 수 있게 되면서 언니와 엄마에게 의지하는 일이 사라졌다

묵묵히, 가족과 보내는 시간을 제외하고는 공부에 소비했다.

공부는 등산처럼 지금 내가 어느 장소에 있는지. 그리고 언니가 어디 있는지. 그것을 알 수 있어서 가까워지고 있다는 실감이 났다. 그것을 알 수 있는 것만으로도 나는 즐거웠다.

동급생은 한참 전에 제치고 아득한 앞까지 제멋대로 나아갔다.

그리고,

『초등학교 2학년 때는 이미 언니와 같은 공부를 하게 됐어요.』

"……뭐?"

『사립 중학교 수험을 응시하던 언니랑 같은 학력에 도달한 거죠.』

나는 언니를 따라잡았다.

이걸로 언니와 함께 공부할 수 있다며 기뻐했다.

나는 그곳에 도착한 시점에서 공부에 대해서는 만족했다. 거기서 혼자 앞으로 나아가는 것에 아무런 매력도 찾지 못했다.

그래서 나는 다음 목표로 눈을 돌렸다.

『학력을 따라잡고 나니 시간이 남았죠. 그래서 다음은 언니의 취미를 따라 했어요.』

그것이 바로 어린 시절 습득한 연필화.

내가 애정하는 언니였기에 다소 호의적인 시선으로 봤다고 해도, 언니가 그린 그림은 언제나 정교하고 아름다웠다. 그런 언니의 그림 모델이 될 수 있다는 게 너무나도 기쁘고 좋았다.

오래전부터 언니 옆에서 똑같은 걸 그리고 싶었다. 이번에는 내가 언니를 예쁘게 그려주고 싶다는 꿈을 꿨다.

그리고 나는 언니와 같은 것을 손에 쥐었다.

언니는 어떤 일에도 성실하게 임하고 노력을 게을리하지 않는 사람이다.

『2년 뒤에는 따라잡았어요. 유치원 때부터 쭉 그려온 언니의 그림 실력을.』

그런 언니가 오랜 세월 쌓아온 것을 깔끔하게 따라잡았다.

선배는 어이없다는 듯 말을 잃은 채였다. 그대로 등받이에 몸을 맡기고 천장을 올려다보고 있다. 눈을 감은 선배는 크게 한숨을 내쉬었다.

그렇게 선배는 말을 찾는가 싶더니,

"너…… 괴물이구나."

진지한 표정으로 말했다.

고른 말이 하필이면 그거라니. 너무 웃겨서 품 하고 뿜고 말았다.

거침없이 나온 그 말은 거짓이 아니었다. 어설픈 위로보다는 솔직하게 평해주는 편이 속 시원하다.

『그러게요. 어쩌면 전 언니에게 있어 괴물이었을지도 몰라요.』

언니는 천재다. 언니의 자부심이 어느 정도인지는 모르지만, 자신이 남들에게 어떻게 평가받고 있는가를 올바르게 파악할 수 있는 사람이었다.

나는 천재다, 라는 정도의 교만함이나 오만함은 없을지도 모른다. 그래도 스스로 쌓아온 것에 대한 자부심, 자존감 정도는 있을 것이다.

나는 그런 장소에 깔끔하게 따라붙어 옆에 선 것이다.

차라리 생판 남이었다면 그런 대단한 아이도 있구나, 하고 끝날지도 모른다. 하지만 상대는 피가 이어진 자매. 그것도 세 살이나 어린 여동생이었다.

그렇게 나이 차이가 나는 여동생에게 늘 따라잡히는 것

은 어떤 기분이었을까. 차라리 그대로 추월당하는 편이 더 나았을지도 모른다.

하지만 나는 언니를 앞지르지 않았다. 옆에 나란히 서는 순간 달리기를 멈춘다. 언니가 똑바로 달리는 그 옆에서 언니와 함께라는 점에 웃으며 느긋하게 걷고 있었다.

지금이기에 알 수 있었다.

『언니의 자존심을 계속 상하게만 했던 걸지도 몰라요.』

나는 어렸을 때부터 잔인한 생물이었다.

나쁜 짓을 하지는 않았다. 순수한 마음으로, 자신이 좋아하는 언니와 똑같은 것이 좋았을 뿐이다. 천진난만하게 그 등을 따라 옆에 나란히 섰을 뿐이다.

언니는 언제나 바로 따라오는 나를 보며,

"카에데는 굉장하네."

"역시 자랑스러운 여동생이야."

"나도 본받아야겠구나."

싫은 내색 하나 보이지 않고 칭찬해주었다.

속사정을 모르던 나는 그것을 액면 그대로 받아들였다.

객관적으로 볼 때 내가 하는 일이 어떤 짓인지 생각하려고도 하지 않았다.

언니의 마음을 이제야 알 수 있게 되었다.

아무리 언니가 착하고 올곧은 성격을 가진 사람이라도, 그래도 역시 생각하는 바가 있지 않았을까.

문득 엄마 생각이 났다.

사이 좋은 우리 자매를 늘 생글생글 웃는 얼굴로 행복하게 바라보셨다. 하지만 다정한 그 눈빛이 문득 그늘질 때가 있었다.

언니에게 또 한 걸음 더 다가갔을 때, 언니가 그런 나를 대단하다며 하염없이 칭찬해주고 있을 때였다.

엄마는 알고 있었을 것이다. 내가 하는 일의 잔혹함을.

엄마는 걱정하고 있었을 것이다. 웃는 얼굴 뒤로 언니가 상처받지는 않았을지.

차라리 언니를 무시하는 성격 나쁜 아이였다면 혼났을지도 모른다. 아마 교정할 수 있었을지도 모른다.

하지만 내가 하는 일은 언니를 너무 좋아해서, 그 옆에 있고 싶다는 일념으로 노력해온 것뿐이다. 나쁜 짓을 한 게 아니니 화를 내지도 못하고 엄마는 남몰래 고민하고 있었을지도 모른다.

"확실히 그건 잔인하네."

답답해진 공기를 전환하려는 듯 선배가 숨을 내쉬었다.

"미스터리나 서스펜스라면 살인으로 발전하기에 충분해."

『틀림없이 그 동기는 절벽 위에서 거론되겠죠.』

언니의 가슴속 이야기가 거기서 거론되었을 때, 나는 더는 이 세상에 없을 것이다. 과거를 돌아보고 떠올릴수록 그렇게 돼도 어쩔 수 없다고 생각하는 자신이 있다.

그러고 나서 생각났다.

『하지만 언니한테라면 살해당해도 어쩔 수 없어요. 그럴 만한 트랩을 집을 나서기 전에 걸어두고 왔거든요.』

"트랩?"

『옛날에 쓰던 노트북을 방에 두고 왔어요. 쉬운 패스워드를 풀고 나면 월리를 찾지 마를 보게 되는 트랩이에요.』

"그거 말이지……."

선배는 씁쓸한 표정을 지어 보였다.

자포자기 수준의 충동에 사로잡혀 있던 날. 의지할 수 없는 언니에게 원망하는 감정마저 그때는 품고 있었다.

지금은 더 이상 원망하지 않는다.

언니는 나를 어떻게 해줄 수조차 없었다. 선배 덕분에 그것을 알게 되었으니까.

설치한 트랩을 이제 와서 회수할 수도 없는 노릇이다. 어쩌면 늦었을지도 모른다.

『운이 좋으면 같이 상경한 언니 절친이 보게 될 수도 있겠네요.』

"너…… 쿠루미한테 원한이라도 있냐?"

선배는 이곳에 없는 사람을 가엾게 여기듯 아련한 눈빛을 지었다.

쿠루미. 가미 씨 가게에서 자주 대화하는 인싸 미소녀 여대생. 전부터 이야기는 들었지만 설마 언니의 절친인 키노미야 마도카일 거라고는 생각하지 못했다.

어렸을 때부터 언니한테 얘기를 들어와서 잘 알고 있었다. 집에 몇 번이나 오기도 했었다. 제대로 이야기한 적은 없지만 멀리서 몇 번이나 봤다. 언니 옆에 나란히 서도 뒤지지 않는 인싸 소녀다.

사람의 인연이란 기묘한 것. 설마 그 사람이 선배와 술을 주고받는 사이가 될 줄이야. 여러모로 배배 꼬인 선배가 그런 인싸 소녀와 대화할 수 있다면 당연히 즐거울 것이다.

언니에게는 미안하지만,

『대미지를 효율적으로 주기 위해선 그 주변인을 노리는 게 기본이니까요. 무엇보다 언니에게는 그게 제일 좋아요.』

역시 트랩이 잘 작동했으면 좋겠다는 생각을 다시 하게 되었다.

"그나저나 무고한 상대에게 그런 걸 보여준다니, 정말 글러 먹었네. 살인사건으로 발전해도 어쩔 수 없는 안건이야."

『그렇죠. 저도 처음 그걸 봤을 땐 살의를 품었어요.』

그것을 처음 본 것은 중학교 1학년 여름.

착한 아이가 잠을 자는 시간은 이미 지나가고, 날짜가 바뀌었음에도 아직 잠을 잘 생각은 없었다. 오히려 지금부터가 나의 시간이었다.

방의 조명은 꺼져 있다. 아무리 히키코모리이고 학교에

다니지 않는다고 해도 이런 시간까지 깨어 있는 것은 좋지
않다. 언니한테 그런 잔소리를 듣고 싶지 않았다. 그래서
방안의 불빛은 모니터뿐이었다.

그런 모범적인 히키코모리 라이프를 구가하고 있던 나
에게 재미있으니까 보라면서 보내진 URL.

그 결과, 심야의 후미노 저택에는 나의 절규가 울려 퍼
졌다. 그런 성량을 낸 것은 생전 처음이라 아직 신기록은
갈아 치우지 못했다.

"품은 게 아니라 실제로 『미친놈아, 진짜 죽인다!』 하고
보냈었잖아."

그것을 보낸 범인은 과거를 그리워하듯 코웃음을 쳤다.

『ㅋㅋㅋ투성이로 돌아온 조롱 섞인 답장과 그때의 원한
은 지금도 안 잊었어요.』

"화면 맞은편에서 얼굴이 새빨갛게 달아올랐을 너를 생
각하니까 어찌나 웃기던지. 너 때문에 다음 날까지 근육통
에 시달렸다니까."

『미친놈아, 진짜 죽인다!』

"진짜 웃겼는──악!"

여유에 차 있던 선배의 얼굴이 갑자기 고통으로 일그러
졌다. 말 그대로 의자에서 뛰어 오를 기세였다.

"이 자식……."

선배는 발밑을 못마땅하게 노려보았다.

시선 끝에는 검은 물체가. 어느새 쿠로스케가 이동해 있었다. 아무래도 선배의 다리를 물거나 할퀴거나 한 것 같았다.

쿠로스케는 만족스럽게 되돌아오더니 풀썩, 하고 내 무릎에 뛰어올랐다.

『쿠로스케는 제 편이네요.』

"야옹."

웅크린 등을 어루만지자 쿠로스케가 화답했다.

평범한 소동물이라고 얕보면 곤란했다. 무려 이 호러 하우스의 인정을 받은 쿠로스케는 마치 사람의 말이나 심정을 알고 있는 것 같았다.

먹이 같은 것으로 유인하지도 않았는데 잠자코 내 편을 들어준다. 나에게 상냥하게 대해준다.

쿠로스케의 천벌로 과거의 조롱과 원한의 괴로움은 완전히 가라앉았다.

『뭐, 그런 거죠. 당한 채로는 억울하니까 선배에게 갚아주지 못한 걸 포함해 여러 마음을 그 노트북에 담아둔 거예요.』

"과거의 원한은 끊이질 않고, 그로 인해 악습은 계속 계승된다는 건가. 인간은 참 어리석은 생물이구나."

『제 말이 그 말이에요.』

처음엔 원망하는 감정을 털어내기 위해 한번 당해보라

는 마음으로 그것을 남기고 왔다.

하지만 담은 마음은 그것뿐만이 아니었다. 포기할지 말지를 떠나 그 정도는 전하고 싶었다.

언니에 대한 부정적인 감정. 그 가시가 제거된 지금에도…… 역시 그 소원은 변하지 않았다. 오히려 전보다도 더, 이 바람은 강해졌다.

언니를 다시 싫어하게 되는 것이 너무나도 괴롭다.

좋아하는 채로 있고 싶기 때문에, 다시는 만나고 싶지 않았다.

거기에 새로운 마음이 더해졌다.

내가 계속 언니에게 끔찍한 짓을 해왔다는 것을 깨달았기 때문에, 언니의 진짜 속마음을 아는 것이 무서워졌다.

잔혹한 짓을 벌여온 나를, 그래도 귀여운 여동생이라며 상냥하게 대해 준 것은…… 언니가 그저 바른 사람이기 때문이 아닐까.

나에게 악의 따위는 없으니까,

원망해서는 안 된다.

질투해서는 안 된다.

부러워해서는 안 된다.

상처받는 것조차 허용해서는 안 된다.

언니는 그렇게 자신을 올바르게 다스려 온 것이 아닐까. 언어화하지 않아도 부정적인 감정이 그 가슴속에 고여 있

었던 것은 아닐까…….

그걸 생각하니 언니를 만나는 게 더욱 겁이 나고 말았다.

언니의 마음을 알기가 두려웠다.

그러니까…… 제발 부탁이야, 언니.

나를 찾지 말아주세요.

제6화 맹목성 편집광의 사랑③

『으아아아아아아!』

"꺄아아아아아!"

십여 시간 전에 내가 지른 비명. 그와 같은 절규가 이번에는 모미지의 배 깊은 곳에서 울려 퍼졌다.

다만 몸을 뒤로 젖힌 곳에 소파가 있었기에 뒷머리가 가격당하는 일은 없었다.

그런 저물녘 시간.

소파를 등받이 삼은 채 1분 정도 넋이 나가 있던 모미지는,

"뭘 보여주는 거야?!"

비명 다음으로 고함을 내질렀다.

마주 본 채 어깨를 부들부들 떨고 있는 절친은 어제의 낯빛이 거짓말이라는 듯 새빨개져 있었다.

몰래카메라 대성공! 이라는 생각은 들지 않았지만, 심정을 공유했다는 것에 내심 만족했다.

"나는 심야에 불도 안 켜진 방에서 이걸 혼자 봐야 했다고. 그때의 내 마음도 조금은 알아줬으면 해서."

"네가 멋대로 걸린 거잖아! 왜 나까지 해야 하는데!"

"모미지가 이 일의 당사자니까."

"어……?"

"그거, 카에데가 남긴 거야."

멍한 얼굴의 모미지는 믿고 말고를 떠나 말의 의미 자체를 이해하지 못했다.

그 새하얀 얼굴이 뇌리에서 떠나지 않은 채로 잠이 든 것은 아침. 일어났을 때는 점심이 지나고 있었다. 여름 방학이 끝나자마자 곧바로 대학을 빼먹고 말았다.

국립에 다니는 모미지는 이번 달을 꽉 채워서 여름방학이었다. 연락하니 집에 있다고 해서 간단히 옷을 챙겨 입고 집으로 찾아왔다.

비밀번호를 풀었다는 사실을 전했다. 『언니에게』, 『여기서 기다릴게요』. 그런 글자에 눈을 휘둥그레 뜨며 희망을 되찾은 모미지를 기다리고 있던 것은 바로 이 장난.

다음으로 이력에 있던 『언니 친구에게』라는 조롱의 박수를 보여준 것이다.

망연자실한 모미지는 목이 막힌 사람처럼 힘겹게 소리를 짜냈다. 현실을 받아들이지 못해 알아듣지 못한 척한 것이다.

"카에데가…… 이런 짓을 할 리가 없어."

"그럼 설마 비밀번호를 푼 모 씨가 꾸민 몰래카메라라고 말하고 싶은 거야?"

"아, 아니……."

"동생을 걱정해서 초췌해진 친구에게 이런 장난을 쳤다면 끔찍한 녀석이네. 그런 상대라면 지금 당장 인연을 끊는 게 낫지 않겠어?"

"……미안해."

모미지는 혼이 나는 아이처럼 눈을 내리깔았다.

딱히 범인이라는 오해를 받아 화가 난 것은 아니다. 한번 품었던 희망을 이런 식으로 뒤집는 현실을 받아들이고 싶지 않다는 마음도 안다. 이 우정은 그 감정을 이해하지 못할 정도로 얄팍하지 않았다.

굳이 엄격하게 말한 것은 여기서 더 앞으로 나아가기 위한 프로세스. 모미지는 우선 현실을 받아들여야 했다.

"'쿠레나이요의 날'이 가진 의미, 아직도 모르겠어?"

조심스럽게 들어 올린 그 얼굴을 향해 다정하게 물었다.

"모미지 생일이야."

좌우로 흔들리는 머리를 바라보며 담백하게 답을 꺼냈다.

모미지의 입과 눈은 두 단계에 걸쳐 열렸다. 자신의 생일이었다는 대목과 드디어 도달한 『쿠레나이요』의 대답에서.

"설마 본인 생일일 거라고는 생각도 못 했어?"

"그래…… 카에데가 내 생일을……."

모미지의 입가가 은은하게 풀어졌다.

카에데를 무척 좋아하긴 하지만 그에 비해 자신은 없다. 틀어박혀 있던 카에데에게 이래라저래라 시끄럽게 잔소리를 해온 것이다. 그것이 카에데를 생각해서 나온 상냥함일지라도 본인에게는 성가셨을지도 모른다.

모미지는 그것을 "이렇게 널 생각하는데 왜 몰라주는 거야!"라며 분노할 얄은 인간이 아니다.

카에데가 혼자 서서 걸을 수 있게 된 그곳에서 행복하면 그만이다. 그러기 위해서라면 마지막에는 미움을 받아도 상관없다고, 얼마 전에 불쑥 그런 말을 흘린 것이다.

그런 상황이었다. 프라이버시를 누구보다 중요하게 생각하면서 본인의 생일을 패스워드로 설정해두었다는 사실은 기뻤던 것 같다. 미움받지 않았다. 나의 마음은 일방통행이 아니었다면서.

그러니까…… 여기서부터 하는 말은 모미지에게 가혹한 이야기가 될 것이다.

"카에데는 모든 걸, 이렇게 될 걸 알고 이걸 남긴 거라고 생각해."

"이렇게 될 걸 알고?"

"응. 모미지 본인이 아니라 모미지의 친구가 비밀번호를 풀 거라는 걸 예상하고 북마크와 이력을 남긴 거야. 그런 장치를 남긴 거지."

카에데는 자신의 가출을 대수롭게 여기지 않았다. 경찰 사태가 벌어지지 않을 거라는 절대적인 자신감마저 있었을지도 모른다.

모미지로서는 도달할 수 없는 문제. 하지만 모미지와 친한 사람이라면 바로 풀 수 있는 라인을 상정해두고 수수께끼 같은 힌트를 설정한다. 문제를 물어 자신만만하게 북마크를 펼친 상대방을 놀라게 한다. 마지막에는 모든 이력에 도달한 끝에 비웃는다.

자신이 남긴 유일한 단서라고 생각하게 유도한 것이다. 모든 것을 털어놓고 그것을 맡길 수 있는 사람은 꽤 신뢰할 수 있는 상대. 모미지를 둘러싼 환경을 생각한다면 가족이나 친척 중에는 없다. 언니의 친구에게, 라고 남긴 것은 어지간한 자신감과 확신이 있었기 때문일 것이다.

"왜 카에데가…… 이런 걸?"

모미지가 의문을 품었다. 현실을 외면하는 게 아니다. 정말 모르겠다는 얼굴이었다.

카에데는 왜 이런 짓을 했을까.

이런 걸 남기는 게 도대체 무슨 의미가 있는 것일까.

비밀번호와 같다. 고정관념의 틀. 그것이 가슴 깊숙이 박혀 있는 모미지로서는 평생 도달할 수 없는 대답일지도 모른다.

카에데가 이런 것을 남긴 이유.

"깊은 의미 따윈 없어."

나는 똑바로 모미지의 눈을 바라보면서,

"그냥 고약한 장난. 딱 그뿐인 이야기야."

네 여동생은 성격이 나쁘다고 말했다.

대학을 빼먹었다고는 해도 저녁까지 빈둥거리고 있던 것은 아니다. 게임을 좋아하고 컴퓨터에도 정통한 친구에게 연락해 대학 선배가 이런 상황에 부닥쳤다는 식으로 둘러대며 상담을 했다.

듀얼 화면으로 게임 같은 걸 하는 것 같다고 전하자 컴퓨터 스펙을 조사해주었다. 그리하여 이 컴퓨터는 듀얼 화면으로 멀쩡히 게임을 할 수 있는 물건이 아니라는 것을 알게 되었다.

이미 사용하지 않았던 물건을 굳이 꺼내 장치까지 준비하고 대놓고 보이는 곳에 남겨두었다.

결론적으로 악질적인 장난이었다. 그 외에는 답이 나오지 않았다.

"카에데가…… 그 애가…… 그런, 아이일 리가."

마치 싫다고 떼를 쓰는 아이처럼 모미지가 머리를 흔들었다.

못 믿는 게 아니라 믿고 싶지 않은 것이다. 현실을 이렇게 보여주었는데도 분명 악몽이라고 생각했다. 부디 악몽이길 바라고 있다.

그래서 나는 그런 모미지에 현실을 들이대야만 했다.

"저기, 모미지. 네가 가진 카에데의 이미지는 대체 언제로 멈춰 있는 거야?"

"뭐……?"

"방에 틀어박히게 된 초등학생 이후로 멈춰 있는 거 아니야?"

존재하지 않는 환상에서 깨어나게 해줘야 한다.

"분명 카에데는 사회에서 도망치고 가족들에게도 등을 돌려왔어. 바깥세상에서 눈을 돌리기 위해 그 방에 틀어박혀서 지냈던 걸지도 몰라."

사람이 성장하고 변하는 계기는 언제나 외부의 자극이다. 감옥 같은 장소에서 몸을 웅크린 채 앉아 있으면 좋든 나쁘든 언제까지나 변하지 않은 채로 있을 수 있을지도 모른다.

하지만 카에데의 경우는 그렇지 않았다.

"그렇지만 그 방에는 누군가와 이어질 수 있는 창구는 있었어. 현실 사회 같은 곳보다 더 복잡하고 혼란스럽고 자극적인 세계."

나는 시선을 떨어뜨리고,

"인터넷이."

컴퓨터를 응시했다.

방에 틀어박혀 있으면서도 결과를 내고 사회가 요구하는 성과를 누구보다 계속 만들어 온 것이다.

카에데는 천재란 말로 다 담을 수 있을 정도도 만만한 존재가 아니다.

정말로 신동이었다.

"모두가 화기애애한 가족을 누리고 학교에서 교우 관계를 키워가는 사이 카에데는 화면 저편의 세계로만 교류를 해왔어. 그런 아이가 정말 사회가 보여주는 건전한 성장 방식을 갖췄을까?"

그렇다고 그것이 전부 다 모미지처럼 곧게 자라는 것으로 이어지지는 않는다.

청탁이 뒤섞인 정보의 바다. 동세대가 사회의 격랑에 시달리며 성장해 가는 가운데 카에데는 전자의 세계에서 항해를 계속해 왔다.

사회 속에서 자라나면 공통적인 인식을 부여받고 실천적인 것을 요구받는다. 거기서 벗어나는 행위를 하면 책망을 받고 경우에 따라서는 벌을 받는다.

그렇게 사회에 적응해 나가며 아이는 자라나는 것이다.

하지만 방에 틀어박혔던 카에데는 사회로부터 그것을 부여받지도, 요구받지도 않았다. 그저 정보로서만 그것에서 벗어나면 어떻게 되는지 알고 있을 뿐이다.

정보의 바다에서 원하는 대로 원하는 것만 취사선택하면서 방에 홀로 틀어박혀 성장해온 것이다. 사상과 가치관이 치우쳐서 그릇된 성격으로 자라나는 것은 자연스러운 흐름이었다.

"카에데……."

모미지는 어깨를 축 늘어뜨리고 슬픈 얼굴로 고개를 숙였다.

부모에게도 사회에도 돌봄 받지 못한 채 인터넷만을 바깥의 연결고리 삼아 성장해 간다. 그것이 그릇된 성장만을 남긴다는 것은 모미지도 알고 있었을 것이다.

그래도 카에데에게는 그런 일이 일어나지 않을 것이다, 사교성은 없어도 배려심 있고 상냥한 아이로 자랐다고 믿어왔다.

망상과도 비슷한 환상에서 깨어나, 현실을 앞에 둔 모미지는 절망스럽게 고개를 숙였다. 마치 이 모든 것이 자신의 책임이라며, 힘의 역부족을 한탄하는 모습이었다. 자신이 해온 일은 모두 잘못됐다며 후회마저 하고 있었다.

"내 생각엔."

그런 절친 옆으로 이동해 어깨를 나란히 했다.

"모미지는 상냥할 뿐, 무르지는 않았어. 카에데는 본인을 능가하는 천재. 그 장소에만 데리고 나오면 반드시 극복할 수 있는 능력을 발휘할 거다. 그런 식으로 카에데를 너무 믿어온 거야."

곁눈질로 나를 들여다보는 모미지에게,

"모미지의 그건 마치 내 사랑이랑 똑같아."

"똑같다니?"

"맹목이라는 뜻. 모미지는 카에데를 너무 과대평가한

거야."

그녀가 끌어안고 있는 문제를 확실하게 전했다.

"누가 봐도 무리인 게 뻔히 보이는데 카에데라면 괜찮다고, '네' 밖에 못 하는 아기한테 본인 힘으로 서서 걸을 수 있다고 믿고 그걸 요구해 온 거야."

"내가…… 카에데한테 그런 잔인한 짓을……."

모미지의 목소리가 떨렸다. 그 뒤의 말이 차마 나오지 못했다.

잔인한 짓을 하지 않았다고 부정하고 싶은 것이 아니다. 스스로 해온 행동을 돌이켜보며 내가 그런 짓을 해왔었나, 하는 생각에 충격을 받은 것이다.

여기까지 모미지 앞에 현실을 들이밀고 나서 한 가지 깨달은 것이 있다.

아빠에게 내몰렸을 때 어째서 카에데는 모미지를 의지하지 않았을까.

무슨 일이 생기면 연락하라는 말은 전해두었다. 그것이 빈말이 아니라는 것은 카에데도 알고 있었을 것이다.

남겨진 컴퓨터.

그 앞에 남겨져 있던 고약한 장난.

언니에게 남겨진 북마크.

『월리를 찾지 마.』

카에데에게 있어 모미지는…… 그런 의미일지도 모른다.

내가 방금 깨달은 그 의미에 모미지 역시 금방 도달했을 것이다.

"으, 흑……."

금방이라도 오열을 터뜨릴 것 같은 소리가 목구멍에서 새 나왔다.

쭈그려 앉은 모미지는 가라앉듯 무릎으로 고개를 숙였다.

여동생을 생각해서 해왔던 일이 아무런 도움도 되지 않았다. 오히려 카에데를 몰아붙이기만 했다. 자신은 의지가 되지 못했고, 그 결과 이런 일이 일어나고 말았다. 모든 게 자기 책임이라고 생각하는 걸지도 모른다.

"결국 모미지도 평범한 어린애였다는 거지."

그러니까 그건 아니라는 걸 알려줘야 했다.

"고등학교 때까지 줄곧 교사를 신처럼 떠받드는 곳에서 사회의 규칙을 배워왔어. 그걸 잘 해내지 못해서 힘들고 괴로울 수는 있지만, 다들 그렇게 살고 있다면서."

맹목적으로 카에데를 믿고 과대평가를 해왔지만, 그렇다 해도 당시의 모미지가 할 수 있는 일은 한정되어 있었다.

"그런 가르침을 받으면서 틀에서 벗어나지 않고 성실하게 살아온 모미지에게 아이를 인도하라는 것 자체가 가혹한 이야기였어."

애초에 소지한 카드가 한쪽으로 치우쳐 있었다.

사회에서는 이 가치관만이 절대적으로 옳은 것이다. 그

것만 생각하면 된다고 배웠으니까.

인간은 자신의 가치와 지식으로만 사물을 측정할 수 있다. 그 범주에서 벗어나는 것은 만들어낼 수 없다. 에도 시대의 시골 사람들이 서양 음식을 만들지 못하는 것과 똑같다.

"결국 카에데를 그렇게 만든 건 사회에서 살아가는 데 중요하다는 걸 알면서도 공부만 잘하면 그만이다. 그런 식으로 방치해 온 어른의 책임이야."

그러니 양식의 존재를 알고 조리 방법을 아는 자가 만들어야 했다.

과거 SNS에서 화제가 됐었던 학생과 사회인. 요구되는 것이 반전되는 현상.

그것을 뼈저리게 알고도 그 경험이 활용되는 일은 없다. 과거의 어른들이 요구했던 것을 그대로 아이들에게 요구한다. 악습은 조금도 개량되지 않고 그대로 후세로 계승되어 간 것이다.

"그러니까 카에데가 저렇게 된 건 부모님 잘못이야. 사회가 잘못한 거야. 모미지가 책임감을 느낄 필요는 없어."

"마도카……."

눈물이 글썽거리는 눈을 모미지가 향해왔다. 그 눈매는 살짝 젖어 있었지만 흘러내릴 정도의 물방울은 아니었다. 완전한 비구름이던 그것은, 쾌청하다고는 할 수 없지만 흐린 하늘에 희미한 빛이 비칠 정도로는 회복됐다.

모미지 볼에는 작은 보조개를 만들고 있었다.

"너에게 이렇게 위로를 받다니…… 이러면 평소랑 반대 잖아."

"가끔은 이런 일이 있어도 괜찮지 않아?"

"응, 다양한 가치관을 흡수한 어른 같았어."

"후후후. 나도 대학에 들어가고 나서 나름대로 경험을 쌓아왔단 말씀."

"그런 것 같네. 모르는 사이에 격차가 벌어졌나 봐."

선뜻 칭찬해 오는 모미지. 조금의 빈정거림도 없는 그 눈동자에는 존경심마저 깃들어 있었다.

살짝 양심의 가책이 솟아올라,

"뭐, 대부분이 타마 씨가 한 말이긴 하지만."

깔끔하게 자백해 버리고 말았다.

◆

"히키코모리 형제 같은 건 단순한 인재야. 참다 참다 결국 터진 거지."

금요일 밤의 루틴 중 하나였기에 그날도 마스터의 가게 를 방문했다.

화제는 얼마 전 일어난 히키코모리 형제 살상 사건.

왜 그런 얘기로 옮겨간 것인지 기억은 나질 않지만, 세상 이야기라는 것은 애초에 주제를 정하고 토론하는 것이 아니다. 이런저런 이야기를 하던 와중 화제가 나온 것뿐이다.

이러한 시사 소재는 타마 씨의 생각을 듣는 것이 정석이 되어 있었다.

타마 씨 본인은 정작 사회 이야기를 주절주절 늘어놓거나 잘난 척 비평하거나 하지는 않는다. 상대를 가려가며 크게 지장이 가지 않을 만한 의견을 말할 수 있는 사람이다.

이야기를 더 깊이 파고들어 가면 망설임 없이, 허울 좋은 말 따위 섞지 않고, 적나라함도 개의치 않고, 인간이 가진 어두운 부분을 좋아하는 SNS라면 틀림없이 비난 여론이 들끓을 것 같은 자기 생각을 말해준다.

사회적 허용선을 아무렇지 않게 넘나들다 보니 사람에 따라서는 불쾌함을 느낄 수도 있다. 성선설을 믿는 사람에게 들려주면 분노할 것이 틀림없다.

타마 씨도 그걸 자각하고 있기 때문에 다른 손님이 있을 때는 말하지 않았다.

그래서 상대방과 장소를 가려 이야기해주는 어른은 내게 무척 귀했다.

"히키코모리를 용서해 버린 부모는 자업자득이라고 쳐도, 말려든 형제는 불쌍하게 됐지. 어쨌든 그 녀석이 살아 있는 것만으로도 사회적 신용이 떨어지니까."

"사회적인 체면이 안 좋다던가, 그런 건가요?"

"아니, 좀 더 직접적으로 인생에 영향을 미치는, 그런 신용 문제야."

"인생에 영향을 미치는 신용 문제……?"

미간에 생긴 주름을 검지로 풀어가며 고민했다.

답에 도달하지 못해 답을 구하듯 타마 씨를 바라보니,

"가장 알기 쉬운 건 결혼이지."

"아……."

그가 가져온 대답에 깜짝 놀랐다.

"부모님이 돌보는 동안은 상관없지만 없어지면 누가 그 애를 돌볼 것이냐, 이런 얘기가 나오게 돼. 모르는 척할 수 없어. 사회의 규칙과 도덕성이 그 애를 돌보라고 할 테니까. 제 밥벌이도 못 하는 식충이를 안고 가야 하는 장래를 좋게 생각할 상대는 없을걸."

형제 중 히키코모리가 있어서 혼담이 깨졌다는 것은 자주 듣는 이야기였다.

"히키코모리가 될 수밖에 없는 과거라는 건 사람마다 다르겠지만 말이야. 폐만 끼치는 쪽 입장에서는 그딴 건 알 바 아니지. 원해서 이렇게 된 게 아니라며 악을 쓰는 녀석이라면 반대로 '시끄럽고 다 죽어버려!'라고 말하고 싶을걸."

타마 씨는 낄낄 웃으면서 뒤숭숭한 소리를 했다.

오늘도 평소와 똑같다.

"주인의 책임하에 히키코모리를 처분해도 좋다는 법안이 통과되기만 해봐. 아마 이 세상에서 95%의 히키코모리가 사라질 거다."

"타마 씨, 또 과격한 소리를 하시네요."

"요즘 트렌드는 약자의 인권 보호야. 이런 말을 섣불리 꺼냈다간 시민 협회 사람들한테 화형당한다고."

히죽히죽 입꼬리를 올리는 타마 씨에게,

"그러니까 상대를 골라 말하는 거지."

심장이 쿵 하고 두근거렸다.

"게다가 쿠루미의 친구는 95%의 집행자 쪽이 되진 않을 거잖아?"

모호한 말을 쓰면서도 본론으로 확실하게 이어준다.

카에데는 학교에 다닐 수 있을 거라고 모미지는 확신하고 있었다. 그로부터 꽤 시간이 지났는데도 나는 아직도 의아함을 느끼고 있었다.

그래서 사건 화제가 거론되었을 때 친구의 여동생도, 라는 식으로 말을 꺼냈다.

"본인의 장래를 위해서가 아니야. 여동생의 장래를 생각해서 혼자 설 수 있게 되길 바랐다. 그래서 상냥하게 다가가 이야기를 들으려고 노력했지만, 성과는 거두지 못했다. 그렇지?"

"네…… 제대로 된 대답조차 못 듣는 것 같아요."

"그렇군. 이제 알겠어."

이번 문제, 그 본질을 알아차렸다는 듯한 경쾌한 말투다.

다음 순간, 타마 씨의 양손이 이쪽으로 뻗어왔다.

"자아, 네 마음을 들려줘."

내 두 뺨을 잡고 똑바로 눈과 눈을 마주쳤다. 시선을 돌리는 걸 허락하지 않겠다는 듯이.

기습적인 행동에 가슴이 미친 듯이 두근거렸다.

진전이라고는 전혀 없었던 우리들의 관계. 그것이 갑자기 변하려 하고 있었다.

자기 마음을 먼저 고백하지 않고 내 마음을 들려달라고 했다.

벽쿵 같은 것보다 훨씬 남자다운, 여자를 향한 유혹 방법.

그야말로 지금의 나는 속절없이 사랑에 빠져들고 있었다.

이대로 두 사람은 행복한 키스를 하고 종료. 해피엔딩, 끝.

"쿠루미의 친구가 한 일은 이거랑 마찬가지야."

하지만 그것은 환상이라는 통보를 받았다.

"이건 마음을 이해하려 한 게 아니야. 억지로 내 쪽을 향하게 했을 뿐이지. 이런 식으로 대화가 통했다면 진작에 히키코모리는 벗어날 수 있었을 거야."

"아⋯⋯."

부풀었던 환상에 실망할 뻔했지만, 현 상황의 문제점에 대해서는 이해할 수 있었다.

카에데는 가족에게 등을 돌릴 정도의 히키코모리다. 제대로 된 말조차 못 하는 아이에게 이런 짓을 하는 것은 어리석은 짓이었다.

  아무리 상냥하게 다가갔다 한들 역효과밖에 나지 않는다. 모미지는 그 사실을 몰랐다. 객관적으로 보고 있다고 생각했던 나도 이제야 깨달았다.

  두 사람의 관계성을 아주 조금 전했을 뿐인데 곧바로 문제점을 파악한 타마 씨. 어중간한 어른들과는 다른 모습을 보니 또 한 번 그에게 푹 빠져버리고 말았다.

  평생 이 뺨의 온기를 느끼고 싶다.

  "타마."

  하지만 그때 마스터가,

  "그거 성희롱이야."

  그런 지적을 해온 탓에 깨끗하게 사라지고 말았다. 그 두 손이 힘차게 테이블의 잔을 날려버리고 만 것이다.

  챙그랑, 와장창, 하고.

◆

  모미지와 카에데.

  타마 씨는 두 사람의 관계성과 문제점을 콕콕 찔러주었다.

아무래도 간파했다기보단 지인의 지인의 지인의 친척에게 비슷한 사연이 있어서 그것으로 감을 잡았다는 것 같다.

초등학교 때부터 줄곧 틀어박혀 있던 여자아이. 친척에게 맡겨진 뒤부터 곧 본인의 의사로 말을 하기 시작하며 머지않아 자연스럽게 말할 수 있게 되었다고 한다. 학교는 다니지 못하지만, 집안일을 전부 다 혼자 해치울 정도로 성장해 그 아이가 없던 시절로는 돌아갈 수 없을 정도라고 했다.

그녀는 어떻게 그렇게까지 성장할 수 있었을까? 실로 흥미로운 이야기였다.

카에데가 학교에 다닐 수만 있다면 필요 없는 이야기일지도 모른다. 그래도 모미지에게 필요한 때가 올지도 모른다는 생각에 묻지 않을 수 없었다.

그리고 그때는 역시 찾아오고 말았다.

"중요한 건 카에데가 돌아왔을 때, 모미지가 어떻게 대하느냐야."

예전의 타마 씨처럼 모미지의 뺨을 양손으로 잡고 강제로 이쪽을 돌아보게 했다.

"자, 네 마음을 들려줘."

"어?"

진지한 얼굴로 눈을 마주치는 나에게 모미지는 그저 당황하고 있었다.

"모미지가 지금까지 해온 건 이런 거야. 이러면 모미지도 하고 싶은 말을 제대로 못 하겠지?"

"아……."

그때의 나처럼, 모미지는 자신이 해온 일의 의미를 깨달았다.

모미지를 풀어주고 나는 이야기를 계속했다.

"카에데는 히키코모리가 된 뒤로 말하는 행위 자체에 서툴러졌어. 교실에 못 가게 된 이유도 그거 아니야?"

엄마를 잃고 우울 속에 있다가, 그래도 극복하려고 했던 결과. 몇 달 만에 발을 들여놓은 교실에서 말을 더듬어 버렸고, 그것을 반의 남자아이가 놀리고 말았다.

말하는 것 자체가 싫어질 정도의 트라우마로 남아도 이상하지 않다. 게다가 가족들과도 제대로 된 대화를 나누지 못하니 성대는 쇠퇴일로. 막상 목소리를 내려고 해도 자연스럽게 나오지 않는 것이다.

그렇게 육체적으로나 정신적으로 대화할 능력을 잃고 말았다.

"말을 잘 못 하니까 전하고 싶은 말을 전할 수가 없어. 그걸 알기 때문에 카에데는 처음부터 대화하는 걸 포기한 거야."

"그럼 교환 일기라도 쓰는 게 좋았을까?"

모미지는 짐짓 심각한 목소리로 말했다. 농담이 아니라

정말 그랬어야 했을지도 모른다고 생각했다.

같은 실수를 반복하고 싶지 않다. 그런 강한 의지가 느껴졌다.

"문자를 이용하는 건 좋은 착안점이지만, 일기는 너무 고전적이야. 카에데는 컴퓨터를 잘하지? 그럼 카에데가 하고 싶은 말은 스마트폰으로 들으면 되잖아."

"스마트폰으로?"

"모미지가 말하면 그 앞에서 카에데는 키보드를 두드리는 거야. 타닥타닥타닥, 하고. 알림이 쉴 새 없이 올 정도로 계속 자신의 의사를 던져올지도 모르지."

"굉장히 독특한 광경이겠네. 그 애는 어떤 얼굴로 키보드를 두드릴까?"

"그 얼굴조차 보이기 싫어한다면 시작은 문 너머부터야. 그리고 거기서 가능하면 '네'나 '아니오'라는 한두 마디 대답 정도는 소리 내서 말해달라고 하는 거지."

"그건…… 상당한 장기전이 될 것 같네."

"그때 필요한 건 장래를 내다보는 다정함뿐만이 아니야. 눈앞의 계단을 한 계단, 또 한 계단, 손을 잡으면서 올라가도록 이끌어주는 보살핌도 필요하지."

으스대는 교사가 답을 제시하듯 검지를 연신 흔든다.

"그러면 1년 만에 변하진 못하더라도 2년 후의 미래에 영향을 줄 수는 있어. 초등학교 때부터 변하지 못했던 사람이, 한 달이나 두 달 안에 대변신할지도 몰라."

타마 씨가 아는 지인의 지인의 지인의 친척 아이는 아무래도 그 일로 크게 성장했다고 한다. 모미지 정도의 신동이라면 성장할 수 있는 여건만 조성되면 얼마든지 자랄 수 있을 것이다.

"카에데를 대학에 보낸다고 해도 그해 합격에 연연할 필요는 없잖아? 그 전에 사교성을 익힐 시간 정도는 줄 수 있지."

경찰이나 정치인이나 관료를 목표로 하고 있다면 모를까 1, 2년 정도 늦어지는 것은 대학에서는 드문 일도 뭣도 아니었다.

대학은 인생의 골 따위가 아니다. 단순한 인생의 통과점. 배움을 통해 견식이나 교우 관계를 넓혀 다음 스테이지로 향할 준비 기간에 불과하다. 학력 이상으로 다듬어진 능력이야말로 무엇보다 중요하고 필요한 것이었다.

앞으로의 인생을 살아가는 데 있어서 평생 요구되는 능력. 학력만큼은 충분하다며 앞서나가기 전에 우선 그 능력을 차분히 키우는 것이야말로 앞으로의 10년, 20년 후를 위한 것이다.

그렇다고 해서 지금, 이 순간의 1년, 2년이 가볍다는 뜻은 아니다. 당사자뿐만 아니라 그 조력자의 시간마저 빼앗는 것이다.

그저 타의에 휘말린 인재라면 놔두고 싶겠지. 규칙이나 도덕성만 허락한다면 그야말로 그 불씨를 직접 꺼버리고 싶을 것이다.

하지만,

"하지만 모미지는 장래의 자신을 위해서 한 게 아니었잖아. 카에데의 인생을 위해 어떻게든 해주고 싶었던 거지?"

"응…… 그런 생활을 언제까지나 아빠가 용인할 리가 없으니까. 카에데는 어떻게든 직접 서서 걷게 해주고 싶었어."

그렇지 않다며 모미지가 고개를 흔들었다.

이번에 카에데를 궁지로 몰았던 아빠의 강경책. 그에 준하는 일이 언제 일어나도 이상하지 않다는 것은 모미지가 가장 잘 알고 있었다. 그래서 카에데를 다시 사회로 돌려보내야만 했다.

"여러모로 돌봐주고 상냥하게 대해주려 했는데…… 너무 내 독단적인 행동이었던 것 같아."

자기 잘못을 자책하며 모미지가 자조했다.

카에데와의 의사소통 방식이 처음부터 잘못됐으니 제대로 될 리가 없었다. 뭘 잘못했는지조차 모르는 상태였다.

"우선 카에데와 제대로 대화할 수 있게 되는 것. 그게 당면한 내 목표구나."

모미지는 자신에게 말하듯 중얼거렸다.

나는 생각했다. 모미지에게 가장 부족했던 것은 융통성이 아닐까. 누군가에 대해서가 아닌, 자기 삶의 방식에 대해서.

인간은 자신의 가치와 지식만으로 사물을 측정할 수 있다. 그 범주에서 크게 벗어나는 것은 만들어낼 수 없다.

사회의 구조, 당연한 것을 제대로 하지 못해서 힘들고 고통스러운 사람들이 있다. 사회는 그것에 대해 그동안 아이들한테 다 그렇게 산다. 원래 그런 거야, 라고만 알려주었다.

그래서 사회의 레일을 한 번도 벗어나지 않고 그 위를 계속 달려온 모미지는 카에데를 방에서 끌어내는 방법을 찾지 못했다.

무엇이 잘못되었는지 안 지금이라면 더 이상 그런 걱정은 없을 것이다. 어쨌든 남이 보지 못하는 곳만을 제외하고는 완벽한 재원이다. 같은 실수는 더 이상 반복하지는 않겠지. 이번에야말로 카에데가 사회에 적응할 수 있도록 잘 이끌어줄 수 있을 것이다.

"마도카."

하지만 이끌고 싶은 상대는 아직 행방불명.

문제점을 알아봤자 문제는 여전히 그대로다.

"고마워. 네가 있어서 다행이야."

그래도 모미지는 한고비를 넘겼다는 얼굴로 웃어주었다.

제7화 웃을 수 있는 정도가 딱 좋다

이 호러 하우스 아래에서는 드러나지 않은 범죄가 일어나고 있었다.

죄목은 미성년자 약취유괴죄. 3개월 이상 7년 이하의 징역감. 외설 행위와 음란 행위의 차이를 포함하여 자택 경비원을 고용할 때까지 몰랐던 정보였다.

이 양손에 쇠고랑이 채워졌을 때 이것만은 외치게 해 줬으면 좋겠다.

"나는 아이에게 손대지 않았어!"

반년이나 들여놓고 하는 헛소리다. 아무도 진지하게 믿어주지 않을 것이다.

내 얼굴은 안방에 데뷔하고, 질투에 미친 네티즌들은 부럽네, 질투 나네 하는 이기적인 망상 아래 만약 나였다면 이렇게 저렇게 했을 것이라는 욕망을 부풀리며 마구잡이로 욕을 날려대겠지. 그리고 정직한 사람들은 자신도 가출 소녀에게 손을 내밀고 싶었다면서 욕망에 잠길 것이다.

그런 그들의 마음을 더럽고 불순하다며 규탄할 생각은 없다. 나도 그쪽 사람이니까.

이 사회가 내세우는 규칙과 도덕성. 어떤 것인지 알고만 있을 뿐 소중히 여기는 마음 따위는 한 톨도 깃들어 있지 않다. 그래서 그날 레나와 선을 넘었다 하더라도 배덕감은 들지언정, 죄책감은 전혀 없었을 것이다.

그런데도 손을 대지 않은 것은 상대가 먼저 원해서 그에 응했다는 예방선을 치고 싶었던 것에 지나지 않는다.

지나치게 수동적이었나 하는 생각도 들긴 한다. 그때는 섣불리 들이대지 않는 것이야말로 어른의 여유라고 생각했었다.

지금 생각해보면 레나는 이쪽을 올려다본 채 눈을 감는 장면이 비일비재했다. 어른스러움과 남성스러운 무언가를 요구받은 것일지도 모른다.

아쉬운 일을 했다고 뉘우쳐도 이미 늦었다.

하룻밤 지나면 여느 때와 똑같이. 우리의 관계는 화기애애한 남녀가 아니라 선배와 후배, 쓰레기 같은 사장과 자택 경비원. 야, 같이 야구하자! 라는 느낌으로 밤 스포츠에 초대할 수 있는 분위기 같은 것은 없다. 남녀 관계에 무드라는 것이 얼마나 중요한지는 여친 없는 기간이 곧 나이인 싱글이라도 잘 알고 있었다.

그렇기에 눈앞의 광경에 침을 삼키고 말았다.

평소 같으면 귀가했을 때 어디에 있든 탁탁 울리는 발소리가 먼저 들려온다. 다만 오늘만큼은 그런 기적이 없었다. 주방을 들여다봤지만, 텅 비어있다. 문이 열려있는 레나의 방에도 인기척은 없다.

자신의 방으로 그대로 들어갔는데,

"응?"

본 적 없는 경치가 펼쳐져 있었다.

초자연적 현상의 잔향이라고 할 수 있는 기묘한 손톱자국이 남아 있었던 것은 아니다.

가장 먼저 눈에 띈 것은 의자에 걸려 있던 앞치마. 그리고 침대에 누워 있는 우리 집 경비원의 모습이었다.

그것이 무슨 의미를 나타내는가. 금세 알아차렸지만, 거기에 이르게 된 경위를 알 수 없었다.

"이봐."

이불 위에서 옆으로 누워 잠든 레나의 어깨를 흔들었다.

대답이 없다. 그냥 시체 같다——라는 일이 생기면 역시 곤란했다. 이불 너머로는 온기가 느껴지고 일정한 리듬으로 오르내리고 있다. 숨은 쉬고 있는 것 같다.

조금 망설여졌지만, 마음을 먹고 이불을 걷어내 보았다.

"……!"

나도 모르게 숨을 삼켰다.

코타츠 속의 고양이처럼 둥글게 몸을 말고 잠을 자는 모습. 아기 같으면서도 그와는 거리가 먼 풍요로운 모성.

한 지붕 아래에서 반년째 얼굴을 마주 보며 살고 있다. 레나가 귀여운 건 새삼스러운 일이었고, 그 얼굴을 본 정도로는 새삼스럽게 두근거리는 일도 없다. 그러니 침을 삼킨 것은 바로 그 모습 자체에 문제가 있었기 때문이었다.

그녀가 걸치고 있는 것은 검은 셔츠와 반바지뿐. 피부색이 드러난 곳은 늘어진 손발뿐만이 아니었다. 셔츠 밑단이 크게 벗겨져서 배꼽이 통째로 드러나 있었다. 라운드넥 사이로 엿보이는 매끄러운 쇄골을 돋보이게 하는 것은 분홍색 속옷, 그 어깨끈이다.

이부자리에는 그런 무방비 상태인 거유 미소녀 여고생이 잠들어 있었다. 아니, 거유 미소녀 전 여고생이다.

몰래카메라는 아닌 것 같았지만 심장이 두근거렸다.

이렇게 자는 얼굴을 보는 것은 처음이다. 옆얼굴은 어려 보였지만 동시에 숨결에 따라 흔들리는 입술에서는 윤기가 흘렀다.

그날 밤 일을 떠올리자 무심코 입술에 시선을 빼앗기고 말았다. 다음으로 해야 할 행동이 머리에서 떠오르질 않았다.

그 잠자는 얼굴을 얼마나 바라보고 있었을까.

무의식중에 뻗은 손가락 끝이 입술에 닿자,

"선배……?"

달콤하기까지 한 목소리가 들려왔다.

레나의 목이 약간 움직였다.

입술 다음으로는 졸린 듯 물기를 띤 눈동자에 시선을 빼앗겼다.

레나는 아직 잠에서 덜 깬 모습이었다.

내 손끝을 양손으로 감싸더니,

"음……."

입술로 쪼듯 닿아온 것이다.

말랑말랑한 달콤한 입술의 감촉이 잔물결처럼 손가락 끝을 자극했다. 편안함을 넘어 그 자극은 관능적인 수준이었다.

손을 떼고 아무 일도 없었다는 듯이 레나를 깨우는 게 옳은 선택이라는 것을 알면서도 몸은 움직이지 않았다. 이쪽을 올려다보는, 고혹적인 그 눈은 마치 메두사와 마주한 것 같았다.

그렇게 몸을 맡기다 보니, 아니 떠내려가다 보니 손가락 끝이 조금씩 안쪽으로 빨려 들어갔다. 마침내 입술과는 또 다른 부드러운 감촉 안에서 물기를 느낀 시점에,

"……아."

각성한 소리가 귓전을 때렸다.

졸고 있던 레나의 옅은 눈이 또렷하게 뜨여 있었다.

나의 경직이 전염된 것처럼 레나의 몸은 미동도 하지 않았다. 대신 그 얼굴은 순식간에 빨개졌다.

초능력자가 아닐지라도 지금 레나의 사고를 언어화하는 것은 너무나 쉬운 일이었다.

『ㄴㅇㅎㅔㄱ해호ㅓㄴㅇㅇㅎ!!!!』

◆

"일단 목욕하고 올 테니까 그때까지 혼란스러운 머리 좀 진정시키고 있어."

그 말만을 남기고 선배는 방을 떠났다. 자신의 침대에서 곯아떨어져 있던 침입자의 죄를 추궁하지 않고 사면해 준 것이다.

자택 경비원의 본질을 되찾기라도 하듯 잽싸게 자신의 방으로 들어갔다. 내 방은 선배 바로 옆방. 칸막이는 미닫이문 한 장뿐. 적어도 그 한 장이 지금은 무엇보다 큰 정신 안정제가 되어주었다.

자신이 저지른 추태. 몇 번이나 고개를 흔들어 보아도 기억에서 빠져나올 수가 없었다. 한층 더 뇌리에 강렬하게 박혀 버렸다.

심장은 미친 듯이 울리고, 피어난 열은 얼굴에 계속 쌓여갔다.

선배 손끝의 감촉이 입술에서 떠나질 않았다. 마음을 진정시키기 위해 잊고 싶은데, 마음속은 아깝다고 생각한 걸까.

정신을 차리고 보니 문득 검지를 물고 있었다.

"윽……!"

황급히 입술에서 손가락을 뗐다.

무의식적인 행동. 왜 이런 짓을 해버렸을까? 곧바로 자기분석에 들어갔다.

비교한 것이다. 자신의 것과는 전혀 다른 울퉁불퉁한 그 감촉과.

손가락 끝에 시선을 떨어뜨렸다.

이러니 마음이 진정될 리가 없지. 알고 있다. 그런데도 끝없는 늪에 빠진 것처럼 이상한 사고에서 헤어나지 못하는데,

"후우."

옆방에서 들려온 목소리에 가까스로 정신을 차렸다.

푸쉬익, 하는 소리에 이어 꿀꺽꿀꺽 목을 울리는 소리. 샤워를 마친 선배가 맥주캔을 한잔 딴 것 같았다.

그것이 마중물이 된 듯 이 손이 키보드 위에서 날뛰기 시작했다. 빨리 변명해야 한다는 마음이 앞선 것이다.

『쿠로스케예요.』

그래서 첫 메시지로 이런 엉뚱한 말이 나오고 말았다.

『쿠로스케가 점심쯤에 와서 제단에서 낮잠을 자고 있었거든요. 늘 있는 일이라 그대로 하고 싶은 대로 하게 놔뒀는데 3시쯤인가? 깨닫고 보니 쿠로스케가 침대에서 몸을 둥글게 말고 자고 있더라고요. 정말 기분 좋다는 얼굴로 편안하게요. 귀여운 소동물의 마력이라는 걸까요? 그걸

바라보고 있으니 저도 모르게 스르륵 이끌려서 베드인! 주인 없는 곳에서 쿠로스케가 옆에서 자는 걸 보고 안심하고 동침해버린 거죠. 그대로 완전히 딥슬립, 꿈나라행.』

평소 같으면 나눴을 정도의 장문. 엄청 말이 빠르구나, 라는 놀림을 받아도 어쩔 수 없는 마무리였다.

"아하, 요즘 그 녀석 자주 오네."

『맞아요. 요즘은 거의 주 3회 정도로 와요.』

"어……? 그런데 당사자인 쿠로스케는 어디 갔어?"

납득하던 선배는 이내 모순점을 깨달았다.

쿠로스케를 안에 들이는 것도 밖으로 내보내는 것도 창문을 열어주는 사람의 손길이 필요했다. 하지만 당사자인 쿠로스케는 이 집에 없다.

거짓말이니 당연하다.

오늘 쿠로스케는 오지 않았다. 선배의 침대에 기어들어 간 건…… 평소 늘 하던 일로, 그대로 잠들어 버렸을 뿐이다.

『뭔가 깬 기억이 있어요. 밖에는 내보냈지만 잠이 덜 깨서 그대로 다시 잠든 것 같아요.』

"뭐, 아까 잠이 덜 깬 걸 보니 설득력은 있네."

『그건 금기어라고! 말 안 해도 눈치채야지, 싸우자는 거냐!』

◆

쿠로스케와의 동침 사건으로 저녁 식사 준비는 되어 있지 않았다.

오늘 정도는 도시락을 사러 가거나 아니면 호화롭게 배달이라도 시켜야겠다고 생각했는데, 레나는 그런 사치는 필요하지 않다며 사양했다. 식비 관리자의 자부심인 걸지도 모른다.

그렇게 준비된 것은 따뜻한 달걀이 올라간 차슈 덮밥과 미역국. 자신의 실수로 이런 간단한 것밖에 내놓지 못해 미안하다고 했지만, 말도 안 되는 소리. 저녁 식사란 그야말로 이런 점이 좋은 것이다. 애초에 자연스럽게 온천 달걀과 차슈가 있다는 시점에서 일반적인 가정과는 결이 달랐다.

오늘의 저녁 식사도 만족스럽게 먹고 서로 진정됐을 무렵.

"그나저나 쿠로스케가 널 엄청 따르네."

하이볼을 레나에게 받으면서 그가 말했다.

원래 쿠로스케 방문은 한 달에 한 번 있을까 말까. 그러던 것이 처음 레나와 만난 이후 방문 횟수가 눈에 띄게 늘었다.

특별히 먹이를 주고 있거나 장난감을 갖고 놀아주는 것은 아니다. 그런데도 레나가 혼자 있을 때를 가늠해 일주일에 세 번씩 방문한다.

마치 레나를 만나러 오는 것처럼.

"아니면, 비호 대상으로 보는 걸지도 몰라."

『비호 대상이요?』

뒤에서 노트북을 연 레나가 뒤늦게 메시지로 화답했다.

"그래, 내가 없는 동안 이 집에서 인기척이 나도 전부 쿠로스케 탓으로 돌릴 수 있잖아."

『확실히. 그렇게 생각하니 쿠로스케는 와주는 것만으로도 고마운 존재네요.』

오래된 인근 주민들에게 쿠로스케는 존재가 잘 알려진 고양이다. 애초에 이 집을 영역권으로 삼고 있다는 것도 이미 유명했다.

쿠로스케가 이 집에 들어가는 것은 일상다반사. 그런 걸로 해두면 호러 하우스와의 상승효과로 레나의 존재는 더욱 은닉하기 쉬워진다.

『게다가 애완동물은 키워본 적이 없거든요. 소동물의 치유 효과를 실감했어요.』

"뭐야, 반 상급 국민인데 애완동물 한 마리도 안 길렀어?"

『우리 회사 사장님이 동물을 싫어하셔서요. 경영 방침에는 거역할 수 없잖아요.』

"그렇군……. 그런 거라면 어쩔 수 없지."

레나 아빠의 인간성은 이제 와서 되물을 것도 없었다. 깊이 파고들 주제는 아니었지만 그렇다고 대놓고 말을 돌리기도 그랬다.

"좋아하는 동물은 뭐였는데?"

『펭귄이요.』

"너한테는 전혀 안 어울리는 생물이네. 뭔가 특별한 추억이라도 있어?"

『아, 그러게요. 좋아하는 동물이라기보단 그쪽 표현이 더 가까울지도 몰라요.』

애완동물로 삼고 싶은 동물이라는 의미가 담긴 물음을 레나는 오해한 것 같았다.

『옛날에 가족끼리 수족관에 갔을 때 봤던 펭귄쇼가 엄청 재밌었거든요.』

"펭귄쇼?"

『무려 그 펭귄쇼, 펭귄들이 말을 안 들어요.』

"말을 안 듣는다니…… 어떤 쇼길래?"

『말을 잘 듣느냐 마느냐는 펭귄들의 그 날 기분에 달린 거죠. 그렇게 룰렛처럼 쇼를 하는 게 걸작이었거든요.』

『돌아오는 길에 먹었던 초밥의 맛은 지금도 잊을 수 없어요.』

반응할 새도 없이 메시지가 연달아 보내졌다. 룰렛처럼 진행된 쇼, 아니면 수족관에서 돌아오는 길에 먹은 것. 어느 쪽을 지적해야 할 것인가, 선택을 강요당하는 것만 같았다.

고민하다가 후자를 택하기로 했다.

"수족관에서 돌아오는 길에 왜 하필 초밥이었냐."

『설마 그게 가족 셋이 전부 함께했던 마지막 나들이가 될 거라고는 그때는 꿈에도 몰랐어요.』

근심 섞인 한숨이 뒤에서 따라 들려왔다.

가족 셋. 그것을 전부라고 한 레나.

부녀 가정임을 감안하면 아빠와 언니, 그리고 자신까지 셋을 의미하게 된다. 하지만 그것이 아니라는 건 잘 알고 있다. 부녀 가정이 되기 전 엄마와 언니와 자신. 그것만이 가족의 전부라며 아빠의 존재를 없는 사람 취급한 것이다.

그런 가족 세 명이 모인 마지막 나들이. 레나에게 그 수족관은 행복했던 날들의 마지막 추억이었다. 그 수족관에서 보낸, 가장 추억에 남는 기억이 바로 펭귄쇼였다.

그래서 마음에 드는 동물이라는 말에 반사적으로 펭귄이라는 대답을 해버린 것이다.

『선배는 어땠어요?』

"어땠냐니, 뭐가?"

"음……."

레나의 입이 난처한 듯이 말을 찾아 헤맸다.

이렇게 화제를 바꾸려고 하는 것은 자신에게 펭귄에 관한 특별한 추억이 있다는 민망함을 감추기 위함이 아니었다. 모르는 사이에 자신의 불행을 말해 버려서 그것을 다른 이야기로 상쇄하고 싶은 거다.

"가족끼리 외출했을 때의 추억——앗…….."

어깨 너머로 돌아보니 레나는 입가에 손을 얹고 있었다. 의도치 않은 말실수를 막으려는 듯이. 눈이 마주치자 난처한 얼굴로 축 늘어져 버렸다.

"그렇게 신경 쓸 필요 없어."

왜 어색해하는 것일까.

"내 안에서는 진작에 끝난 이야기야. 그런 망할 부모도 있었구나, 하고 말이지."

내가 부모를 향해 어렸을 때부터 어떤 마음을 갖고 있었는지. 그걸 알기 때문이었다.

엄마는 더는 없고 아빠와는 결정적인 골이 생겼다.

"뭐…… 초등학생 정도까지는 온 가족이 함께 외식하는 일도 자주 있었고, 1년에 한 번꼴로 여행에 끌려가기도 했었지."

그래도 가족들과 추억을 쌓을 만한 행사는 있었다. 어디에나 있는 평범한 가정으로 보일 정도로는.

"다만 어디를 찾아봐도 멋진 가족과의 추억 같은 게 없다는 건 확실하네."

다만 나에게는 그 모든 이벤트가 즐겁지 않았을 뿐이다.

"뭐, 그쪽은 즐거운 일이었다고 승화시키고 있겠지만. 그건 모두 내 인내심 위에서 이뤄졌던 거지."

『무슨 짓을 당했나요?』

"당했다기보단 하지 않을 수 없었을 뿐이야. 부모에게 창피를 주는 짓을 하지 않는 예의 바른 아이 역할을 말이지."

어쩔 수 없다는 듯 과장되게 어깨를 으쓱했다.

"그 인간성의 뿌리는 앞에서 말한 대로야. 젓가락 하나 떨어뜨리기만 해도 침착하게 먹으라며 날카롭게 노려보지. 컵을 쓰러뜨리는 건 있을 수도 없는 일. 장소마다 거기 맞는 매너를 지키는 데 급급해서 가족 간의 외식에 마음 놓고 쉴 시간 따윈 없었어."

등받이에 무거운 몸을 기대로 천장을 올려다본 채 하이볼을 입으로 흘려보냈다. 그야말로 이런 버릇없는 행동이 그 녀석들 앞에서는 용서받지 못했다.

"집밥도 오늘 저녁은 뭘까 생각하는 재미를 느껴본 적이 없지."

『집에서도 그렇게 엄격했나요?』

"외식할 때만큼은 아니야. 녀석들도 TV를 틀어놓으며 시끄럽게 떠들어대기 바빴으니까. 내가 젓가락을 한 번 떨어뜨리기 전까지 백 번을 떨어뜨렸어. 남 말할 처지가 아니라는 인식 정도는 있었겠지."

이렇게 돌아보면 정말이지 남의 눈을 신경 쓰는 삶이 방식이 뿌리까지 박힌 놈들이었다.

"뭐, 외식만큼 긴장하지 않는다고는 해도 집에서 먹는

밥은 그거대로 우울한 일이긴 했지만."

『긴장하진 않지만 우울했어요?』

"그래, 시도 때도 없이 녀석들은 늘 화를 냈거든."

『그 이상 더 혼날 일이라도 있었나요?』

"아니, 화를 낸 건 나한테가 아냐. 사회를 향해서지."

레나는 의미를 파악하기 어려운지, 타이핑 소리를 멈추었다. 그 모습은 어리둥절함 그 자체였다.

"아동학대 사망이나 왕따 괴롭힘. 졸음운전 사고나 잡히지 않는 뺑소니. 기업 담합이나, 조작, 내부자 거래, 정치인의 금전 문제부터 문제 발언, 연예인의 음주 운전이나 심지어는 불륜 같은 하찮은 스캔들까지. 매일같이 TV에서 나오는 이 사회에서 일어나는 온갖 비극과 부조리, 문제들에 늘 화가 나 있었지."

그것은 지금 생각하면 참으로 우스운 꼴이 아닐 수 없었다.

"괘씸하다, 용서할 수 없다, 어쩜 그런 일이 있을 수 있느냐. 자신들과 상관없는 일인데도 마치 당사자처럼 분노하지. 그러면서 즐거운 일이나 경사스러운 이야기에는 시시하다는 듯이 코웃음을 쳐. 흥분하는 놈들에게 이런 일로 호들갑 떨지 말라며 깔보고 무시하지."

하이볼을 한 모금 마시고 목을 축인다.

"가슴이 답답할 정도로 마음이 아팠다거나 악을 용서할

수 없다는 정의감이라도 있었다면 그나마 나았겠지. 하지만 그것들은 그런 게 없었어. 그런 훌륭한 정신이 있었다면 이 비극을 잊지 말라는 둥, 부조리를 용서하지 말라는 둥, 문제를 해결하자는 둥, 입으로만 할 게 아니라 행동으로 옮겼겠지. 그런데 그런 적은 단 한 번도 없어. 자원봉사는커녕 자발적인 모금조차 하지 않았지. 시간도 돈도 쓰고 싶지 않았던 거야.”

『선배의 부모님은 뭘 용서하지 못했던 거죠?』

“성에 차지 않아서 토라지는 애랑 똑같아. 그저 본인들의 기분을 상하게 하는 걸 용서할 수 없는 거야.”

이 결론이 어렴풋하게나마 가슴에 남은 이후, 그걸 정확하게 언어화하는 데 십여 년이 걸렸다. 그 후엔 원래 그런 부모이니 생각하는 것 자체가 시간 낭비인 존재라며 무관심으로 일관하게 됐다.

“기분을 헤친다는 걸 알고 있으면서도 눈을 돌리기는커녕 반짝이지. 기분 나빠하며 화내는 것이야말로 자신들의 사명이라는 듯이 말이야.”

『왜 그렇게까지.』

“그건 거의 버릇이야. 그런 습성의 생물인 거지. 처음엔 진심으로 화를 냈을지도 몰라. 하지만 TV를 켜고 있으면 사람의 불행은 일상다반사. 그게 습관이 된 결과 화를 내는 게 목적이 된 거지.”

『화를 내는 게 목적이라고요?』

"왜 그렇게 필사적으로 본인의 기분을 화나게 만드는 걸까, 이 녀석들은……. 어렸을 때는 그게 그렇게 이상할 수가 없었어."

이렇게 된 지금에서는 단언할 수 있다. 그럴 수밖에 없는 바보 같은 생물이니까 어쩔 수 없는 일이라고.

"녀석들의 기준으로 보자면 그게 삶의 보람, 오락이니까 상관없지만. 매일 정해진 시간에 꿍얼꿍얼, 투덜투덜하는 소리를 듣는 쪽은 참기 힘들지. 나를 향한 게 아니라는 걸 알고 있어도 기분이 우울해질 수밖에. 당장이라도 그 자리를 박차고 나오고 싶을 정도의 식사 시간이었지."

그건 마치 부정적인 감정을 받아내는 쓰레기통이 된 기분이었다.

"그래서 빠르게 밥을 털어 넣었어. 맛 같은 건 신경 쓰지도 않고, 못 먹을 정도만 아니면 그걸로 상관없었지. 엄마의 손맛 따위는 조금도 느낄 수 없었어."

맛에 기준이 생기기 시작한 것은 스스로 밥을 짓게 되면서부터. 아무 걱정 없이 느긋하게 먹을 수 있는 환경을 누린 덕분이었다.

"뭐, 그런 이유로 TV는 별로 좋아하지 않아. 촌구석이라서 변변한 애니메이션도 없어서 혼자 있을 땐 게임이나 만화책만 봤지. 다시 말해 컴퓨터…… 인터넷과의 만남은 신 그 자체였어."

요즘 시대에 컴퓨터 정도는 쓸 줄 알아야 한다며 어느 날 갑자기 아빠가 컴퓨터를 사 왔다. 점원 앞에서 허세를 부리다가 듣기 좋은 구슬림에 넘어가 추천받은 것을. 워드와 엑셀 정도밖에 쓸 일이 없는데 이 정도의 스펙이 필요할까, 싶은 정도의 물건이었다.

그렇게 인터넷 회선을 계약하고 컴퓨터를 배워보겠다며 도전한 것도 작심삼일. 내가 손을 대지 않았다면 초고급 타이핑 연습 머신으로서 그 역할을 마칠 뻔했다. 그때만큼은 그 허세에 감사했었다.

"원하는 것만을 골라서 다양한 것들을 볼 수 있는 기계. 내 세계가 단번에 넓어진 것 같았어."

아무래도 그런 나는 초등학생치고 컴퓨터를 능숙하게 사용하는 것처럼 보였나 보다. 그래서인지 원하는 만큼 하게 해줬다. 끝없이 인터넷 서핑을 하고 있을 뿐인데도 터치 타이핑을 하며 타닥타닥 움직이는 모습, 그 모습이 보기 좋았으리라.

인터넷 세상에 푹 빠지게 된 토대는 이렇게 만들어지게 되었다.

"그렇게 넓어진 세계에서 우리 부모가 그나마 괜찮은 부류라는 걸 알았어. 어쨌든 인터넷에는 남의 불행에 반사적으로 달려들어 본인의 기분을 상하게 했다고 무차별적으로 화를 내는 개차반 같은 녀석들이 득시글댔으니까."

인터넷에 연결된 컴퓨터가 한 집에 한 대 있는 것이 당연하지 않았던 시대. 지금 시대와 비교하면 아직 그때는 평화로웠다고 할 수 있을지도 모른다. 하지만 당시 어린아이였던 나는 그야말로 머리를 둔기로 맞은 듯한 충격, 새로운 가치관을 얻게 됐다.

"마지막엔 이 마음에 동정하고 공감할 수 없는 놈은 인간말종. 악이라며 물어뜯어 대는 형국이었지. 이런 건 그럴싸한 형태를 갖춘 목소리 큰 무리에게 주도권이 넘어가니까. 설사 동정이나 공감이 안 된다고 하더라도 그들의 말을 들을 수밖에 없어."

『정말 찌질한 무리네요.』

"그래, 자기 뜻대로 되지 않고 기분에 거슬리는 게 싫은 것뿐인데, 그렇다는 자각이 전혀 없어. 자기가 훌륭한 사람이라고 믿고 있으니까 말이야."

너무 어이가 없는 나머지 불쾌하기까지 한 기분에 어깨를 축 늘어뜨렸다.

"그렇게 남의 불행을 안주 삼아 다 같이 어울려 기분을 잡쳤다는 시늉을 하지……. 정말로 바보 같아."

대체 뭐가 즐거워서 그런 짓을 하는 것일까. 너무나도 우습지만…… 그래도 그렇게 해야만 하는 것이 이 사회의 도덕이다.

"하지만 이게 이 나라의 미덕이니까 어쩔 수 없어. 내용물 따위는 없어도 상관없으니까 모양 정도는 그럴싸하게 꾸미지 않으면 안 돼. 그렇게 형태 먼저 주입한 결과 우리 집의 그런 몬스터 같은 녀석들이 생겨나는 거겠지."

그것은 그야말로 훌륭한 반면교사였다. 이런 놈들만큼은 되지 않겠다고 스스로 맹세했다.

"나는 절대 그렇게 되지 않겠다. 아무래도 좋은 녀석의 불행에는 동정도 공감도 안 된다. 기분만 상하게 하는 불행에는 관심을 두지 않겠다. 흥미를 품지도 않겠다. 그렇게 결심했어."

그런 의미에서 나의 인간성은 단지 그 부모 밑에서 자라 탄생한 것이 아니다.

인터넷이라는 세계. 익명이기 때문에 내뱉을 수 있는 그릇된 인간의 속마음. 그 본질을 알 기회를 어린 시절에 얻었기 때문일 것이다.

"그러니까 타인의 불행이라는 건 웃을 수 있는 정도가 딱 좋아. 웃을 수 있는 동안에는 내 기분이 상하는 일은 없으니까 말이야."

제8화 맹목성 편집광의 사랑④

계절은 빠르게 돌아 벌써 12월.

큰일로 만들지는 못한다는 조건이 있어 카에데의 행방의 유무는 여전히 잡히지 않았고, 단서 한 조각조차 찾을 수 없었다.

설령 경찰에 의지한다 해도 5개월이나 지난 뒤의 수색이다. 아무리 아이가 실종됐다고 해도 시작은 가출이다. 실종자 신고는 연간 8만 건 이상 접수된다. 카에데에게 배정되는 인원은 새 발의 피도 되지 않을 것이다.

바로 떠오른 방법은 거의 다 검토해봤지만, 어느 것도 기대할 수 없었다.

결과적으로 모미지가 쓸 수 있는 수단이라고 해봐야 믿을 만한 사람들에게 사정을 이야기하고 카에데의 사진을 전해 목격 정보를 찾는 정도였다.

모미지의 마음이 얼마나 힘들지는 알 수 있었다. 나한테 걱정을 끼치지 않으려고 일부러 씩씩하게 군다는 것도.

그래서 나는 일부러 카에데 이야기를 꺼내지 않았다. 뭔가 도울 수 있는 일이 있으면 언제든지 말해 달라고 전한 뒤 딱 한 번 의지해 줬을 뿐. 카에데의 이야기는 우리들 사이에서 거의 나오지 않았고, 그것이 진전이 없다는 무엇보다도 좋은 증거였다.

모미지와 카에데. 두 사람이 걱정되기는 하지만 나에게도 일상, 보내야 할 대학 생활이 있었다. 걱정하면서도 변함없는 나날을 오늘까지 보내오고 있었다.

그래…… 아무것도 변하지 않는 나날이었다.

카에데의 이야기에 진전이 없듯이 내 사랑에도 진전이 없었다.

타마 씨를 사랑한 지 반년이 지났는데도 아직 가게 밖으로 나가지 못하고 있다.

타마 씨에 대해 알고 나에 대해 알게 한다. 당초의 목적은 달성했지만, 거기서부터 깊은 단계로 나아가지 않으면 의미가 없다.

나는 예쁘다. 그것이 자만심이 아니라는 것은 매 순간 나를 치켜올리기 바쁜 남성들이 알려준다. 그리고 사랑의 편력, 흑역사가 그것을 증명하고 있었다.

그러나 인간이란 자고로 외모만이 전부는 아니다. 나의 죄 많은 귀여움이란 어차피 겉모습에 지나지 않았다는 것을 절실히 깨달았다.

내면, 그 인간성에 비로소 사람을 끌어당기는 진정한 매력이 깃든다.

드라마 같은 전개로 빠져버린 이 사랑.

시작은 타마 씨의 내면을 보지 못했을지도 모른다. 하지만 반년이라는 교류를 거듭하면서 점점점점 더 내면에 끌렸다.

타마 씨는 어중간한 남자들과는 차원이 다르다. 그의 앞에서는 나 같은 건 단순히 예쁘기만 한 여자애. 속이 풍선처럼 가벼워서 한 명의 여자로 보이지 않고 어린아이의 대우밖에 받지 못하는 것일까.

그야말로 마스터 같은, 내면이 성숙한 여성을 선호하는 것인지도 모른다.

그렇다고 그것이 포기할 이유가 되지는 않는다. 이 사랑을 꼭 쟁취하고 싶은 사랑의 열정이 이 가슴에는 깃들어 있는 것이다.

얼마 전 상경했다고 생각했는데 되돌아보니 순식간. 올해도 슬슬 끝나가고 있었다. 이렇게나 시간이 빠르게 흐르면 여대생으로서의 여생은 그리 길지 않을지도 모른다. 짝사랑만으로 끝을 맞이할 것 같다는 초조함마저 느끼고 있었다.

타고난 귀여움 하나로 이 사랑을 성취할 수는 없다.

최근에야 간신히 그것을 깨달은 것이다.

마스터가 알려준 인생의 격언이 있다.

자고로 인간이란 각오를 다지면 결과와는 상관없이 새로운 길로 나아갈 수 있다. 남보다 더 이득을 보려면 위험을 감수해야 한다.

진정으로 사랑을 성취하고 싶다면 내가 먼저 내디뎌야 한다. 구해야 한다. 그 끝에 거절당하는 것이 두려워도, 사랑이 끝을 맞이하는 것이 두려워도, 이루고 싶은 소망에는 스스로 손을 뻗어야 한다.

그래서 나는 각오를 다졌다.

이번 크리스마스에 같이 식사라도 하자고 초대할 거다. 마스터의 가게, 그 바깥에서 당신을 만나고 싶다며 권유하는 것이다.

그 뒤에 어떻게 될지는, 지금은 생각하지 않는다.

12월에 접어들고 첫 금요일.

평소에는 가볍게 열리는 일상과 비일상의 문. 오늘은 너무 무겁게 느껴져서 무거운 물건을 움직이듯 힘겹게 열었다.

"그래서 뭐, 드디어 전장으로 가기로 했어."

"어린애를 상대로 거기까지 말하게 하다니, 꼴사납네."

"흥, 맘대로 지껄여."

"다 큰 어른이 부끄럽지도 않아?"

"Fuck you."

진지한 얼굴로 당당히 말하는 타마 씨와 그 모습을 어이없다는 듯 바라보는 마스터. 몰래 들어가듯 조용히 문을 열었기 때문인지 이쪽을 눈치채지 못하고 대화를 계속하고 있었다.

대화 내용은 신경 쓰였지만 당당하게 엿듣는 것은 마음이 내키지 않았다.

"안녕하세요, 마스터."

"쿠루미? ……앗, 벌써 시간이 이렇게 됐네."

마스터는 손목시계로 눈을 떨어뜨렸다. 시간이 언제 이렇게 갔나, 하고 눈치도 못 챘다는 듯한 말투였다.

혹시나 하는 생각에 열린 문을 통해 밖으로 고개를 돌렸다. 가게 앞의 불은 켜져 있지 않았고, 문 옆의 간판도 오픈으로 뒤집혀 있지 않았다.

아무래도 개점 작업이 아직인 것 같았다. 오픈한 지 30분이나 지난 시간이라 눈치채지 못하고 들어오고 말았다.

"……죄송해요, 전 이미 오픈한 줄 알고."

"신경 쓰지 마. 가게 여는 걸 깜빡했던 것뿐이니까."

상냥한 대답에 다행이다 생각하며 망설임 없이 내 지정석으로 걸음을 옮겼다.

"안녕하세요, 타마 씨."

"어서 와."

미소를 짓자 타마 씨 또한 쭉 늘린 입꼬리를 보여주었다. 보다시피 오늘도 변함없이 난 그에게 푹 빠져 있었다.

주문을 하지 않아도 첫 잔인 진피즈가 나왔다. 타마 씨와 건배한 뒤 우선 일상 이야기로 꽃을 피웠다.

"벌써 12월이네요. 뭔가 실감이 안 나요."

"올해도 눈 깜짝할 새였다는 건가?"

"그야 올해의 마지막까지 이제 한 달도 채 안 남았잖아요? 시간 가는 게 이렇게 빨랐었나?"

"지금부터 그런 말을 하면 앞으로 더 힘들어질걸. 시간이라는 건 지날수록 점점 더 빨라지는 법이니까."

"지금보다 더…… 어른이 된다는 건 그런 걸까요?"

"좋은 의미로든 나쁜 의미로든 그렇지. 하지만 안타깝게도 하기 싫은 일을 할 때의 시간만큼은 아무리 지나도 빨라지지 않아."

타마 씨는 지긋지긋하다는 얼굴로 과장되게 어깨를 흔들었다.

일을 말한다는 것을 알고 있었기에 그 모습이 우스워서 웃고 말았다.

"좋아하는 일을 하고 있을 때는 순식간인데 하기 싫은 일을 하는 시간은 길어진다. 이 현상은 왜 그런 걸까요."

"우리 조상들이 저지른 죄. 그것에 대한 벌이지."

"벌이요?"

"유일하게 부과된 규칙을 어기는 바람에, 먹기 위해선 땀 흘리며 일해야 한다는 벌이 내려진 거야. 땀을 흘린다는 건 다시 말해 힘들고 괴로운 일을 해야 한다는 뜻. 그 시간이 순식간에 흐른다면 큰 벌이 되지 않을 테니까."

타마 씨의 고견에 나도 모르게 고개가 움직였다. 세로로 움직인 것이 아니라 갸웃한 것이다.

"그런 거창한 벌을 대체 누가 준 건데요?"

"벌을 내리는 건 예나 지금이나 변하지 않았어."

타마 씨는 빈정대는 듯이 입꼬리를 치켜들더니,

"사회지."

검지를 천장으로 향했다.

고개를 다시 갸우뚱하려던 시점에서 검지를 치켜든 의미, 그 의도를 알아차렸다.

신을 가리키는 것이다. 그리고 우리 조상이라는 말이 아담과 이브를 가리킨다는 것도 알 수 있었다.

무심한 나의 의문, 현상의 정체에 관해 이야기하는데 창세기를 끌고 온 것이다.

"그 죄는 아직도 용서받지 못했고 보다시피 벌은 계속되고 있어. 사회의 통제에서 벗어난 죄는 그 정도로 무거웠던 거야."

"그런 무거운 벌로 사람들이 얻은 게 있을까요?"

"남의 눈을 신경 쓰는 삶의 방식과 책임을 떠넘기는 방식이지. 똑똑해진 게 아니라 영악해졌을 뿐이야. 정말이지 교활한 뱀의 부추김을 받은 자들다워."

타마 씨는 우습다는 듯 코웃음을 쳤다.

"애초에 사회도 자신을 등져서 화가 난 게 아니야. 두려웠던 거지. 무법도 계속되면 하나의 법. 자신의 지위를 위협

하는 놈들은 영원히 살 수 없다는 식으로 벌을 내린 거야."

"그런 식으로 생각하니 어쩐지 잘난 척하는 녀석들 같네요."

"잘난 척하는 게 아니야. 질서 관리를 독차지하고 나누려고 하지 않는다. 말 그대로 독재정권이지. 그러니 야당도 기를 쓰고 현 정권을 비판하는 거잖아."

"타인의 아픔에 공감하라고요?"

"아니, 부럽다, 질투 난다. 단물을 독점하는 건 용서 못해, 하고."

나는 입가를 누르면서 웃음을 터뜨렸다. 발언도 그렇지만 타마 씨가 어설프게 화내는 표정을 따라 하는 것이 우스웠기 때문이었다.

"그런 놈들이 잘난 척 이끌어가고 있는 사회다. 그러니 우리가 힘들고 괴로울 때는 부모랑 사회가 나쁘다고 하면 그만이야."

처음부터 그 말을 하고 싶었던 것인지 타마 씨는 맥없이 말을 끝맺었다. 거창한 이야기를 끄집어내더니 세상은 원래 다 그런 것이니 정색하고 남 탓을 하라고 말하듯이.

부모와 사회가 나쁘다고 하면 그만이다, 라는 표현을 자주 쓰는 타마 씨. 그 말투에 분노나 미움은 느껴지지 않았다. 어쩔 수 없는 일에 시간과 노력을 들여도 쓸데없이 피곤할 뿐. 인생은 원래 이런 거라며 달관한 것이다.

역시 타마 씨. 남들에게 어떻게 보일까만을 걱정하는 여타 어중간한 어른들과는 차원이 다르다. 새삼스럽게 그렇게 느껴지는 대목에 그 옆모습을 보며 소녀다운 탄식을 내뱉지 않을 수 없었다.

　타마 씨를 향한 마음은 더욱더 깊어져 갔다. 그에 비례해 이 사랑이 이루어지지 않을지도 모른다는 두려움도 커졌다.

　하지만 이대로 있을 수는 없다.

　언제까지나 제자리걸음을 하고 싶지는 않다.

　각오는 문을 열기 전에 충분히 하고 왔다.

　"그러고 보니 타마 씨, 크리스마스에도 일하시나요?"

　굳게 마음을 먹은 난 바로 본론을 꺼냈다.

　이성에게 크리스마스의 예정을 묻는 건 의도를 쉽게 전할 수 있는 방법의 하나. 갑작스럽게 나온 말이라 그 질문만으로 이미 '그날 당신과 보내고 싶다'라는 마음까지 전해졌을지도 모른다.

　타마 씨는 미소를 짓더니,

　"아니, 크리스마스엔 유급을 받았어."

　이미 정해진 즐거운 미래를 입에 담는다. 그 표정은 내 질문에 대한 의아함도 아니고 내 마음을 알아차린 것도 아니었다.

　사랑엔 맹목적인 나지만, 그 말에 '너를 위해'라는 의미가 있을 거라 믿지는 않았다.

시작부터 엇나가고 말았다.

우울해질 뻔했지만, 아직 남은 희망을 쥐고 마음을 다잡았다.

분명 친구라든지, 가족이라든지, 무슨 이벤트라든지, 그러한 예정 때문에 유급을 받은 것은 아닐——

"당일에 더해 이틀 연속 잡은 건 정말 운이 좋았지. 이제 마음 놓고 성의 6시간*에 도전할 수 있어."

자신을 타이르던 위로는 타마 씨의 말에 도중에 깨끗이 잘리고 말았다.

"타마, 그거 성희롱이야."

"앗."

곧바로 마스터의 지적을 받은 타마 씨는 황급히 입가를 눌렀다. 이쪽을 곁눈질하는 그 모습엔 나를 불쾌하게 했을지도 모른다는 걱정. 그리고 동시에 부끄러운 모습을 보여 줬다는 수치심이 드러나 있었다.

불쾌함을 느끼게 할지도 모르는 실언. 평소에 타마 씨가 그에 대해 배려를 해주고 있다는 것은 알고 있었다.

그 정도로 타마 씨는 들떠 있었다. 무심코 말이 새 나올 정도로.

성의 6시간.

---

*12월 24일 저녁 9시부터 다음 날 오전 3시까지를 이르는 말. 가장 잠자리가 많은 시간이라는 의미로 생겨난 말이다.

그 의미를 모를 정도로 나는 순진하지 않았다.

"타, 타마, 씨…… 여자친구, 씨가…… 계신가요?"

말이 잘 나오지 않아 더듬더듬 물었다.

경직된 이 얼굴은 말실수를 들은 것에 대한 불쾌감을 참는 것으로 보일지도 모른다. 내가 아는 타마 씨답게 금세 그의 얼굴이 미안함으로 바뀌었다.

"여자친구……?"

──바뀔 줄 알았는데, 타마 씨는 얼떨떨한 모습이었다. 여자친구란 도대체 무엇인가. 그런 선문답과 마주한 사람 같았다.

"그러고 보니…… 우리 관계는 뭐지?"

나를 외면한 타마 씨는 자문자답을 시작하며 완전히 자신만의 세계로 빠져들었다.

성의 6시간. 그 시간에 무슨 일이 벌어질지는 새삼스럽게 말할 필요도 없다. 일반적으로 어떤 상대와 즐기느냐하면 부부나 연인이다. 사회는 그 이외를 상대로 삼는 것은 건전하다고 여기지 않으며 부도덕하다고 내친다.

타마 씨는 싱글. 여자친구를 상대하는 것은 아니라고 한다. 그렇다고 해서 전문적인 가게에 간다는 느낌도 아니었다. 그리고 자문자답까지 하는 그 모습은 단순한 놀이 상대라고는 도저히 생각되지 않았다.

도대체 상대는 어떤 사람일까.

묻기 위해 입을 열려는데,

"타마, 오늘 너무 많이 마셨어."

마스터가 재촉하듯 말했다.

"쓸데없는 말실수를 해서 후회하기 전에 오늘은 돌아가는 게 낫지 않을까?"

오늘은 날씨가 참 좋네, 하는 정도의 무심한 말투.

타마 씨는 아차 싶은 표정을 지으며 손으로 머리를 긁적였다. 불편해한 것이 아니다. 그것도 그렇구나, 하고 순순히 충고를 받아들인 것이다.

"가미가 이렇게 말하면 못 당하지. 오늘은 이만 가볼게."

순식간에 코트를 걸친 타마 씨는 미련 없이 돌아갔다.

가게를 나설 때 마스터에게 향한 눈짓은 센스를 발휘해 준 우정. 그것에 대한 고마움을 표시하는 것 같았다.

멍한 얼굴로 타마 씨가 나간 자리에서 시선을 떼지 못했다.

"쿠루미."

마스터가 말을 걸지 않았다면 언제까지나 그러고 있었을지도 모른다.

"금요일 이른 시간에 오는 건 오늘을 마지막으로 하렴."

오늘 날씨 다음으로 내일 날씨를 알려주는 듯한 말투로 말을 걸어온다. 우산의 필요성을 설파당해 저도 모르게 "알겠습니다, 그렇게 할게요"라고 고개를 끄덕여버릴 정도로.

"왜, 요?"

그런 충고에 나는 눈을 동그랗게 떴다. 내일은 쾌청한데 우산을 가져가라고 하면 누구나 당황스럽다.

"알고 싶어?"

"네?"

"함께 크리스마스를 보낼 상대가 타마에게 어떤 아이인지."

똑바로 바라보는 마스터의 두 눈. 마치 내 각오를 묻는 것처럼, 시선을 피하면 그럴 자격이 없다고 판단할 거라는 듯이.

순간적으로 고개가 움직이지 않았던 것은 고민하느라 그런 것이 아니다. 각오할 시간이 필요했을 뿐.

침을 삼키고 나서 나는 입을 열었다.

"……네."

"추락할 때는 함께 추락하는 거다. 그런 말을 하며 짊어진 아이야."

마스터는 담백하게 답을 제시했다.

추락할 때는 함께 추락한다.

사랑하는 소녀로서 그런 로맨틱한 대사를 듣는다면 속절없이 사랑에 빠지고 말 것이다. 로미오와 줄리엣 같은 미래가 기다리고 있다고 해도 망설임 없이 모든 것을 내놓을 수 있을 것이다.

……다만 그 대사를 들은 것은 내가 아니다.

그것이 의미하는 바는 말할 것도 없다.

"쿠루미, 정말 남자 운이 없구나."

마스터는 동정하듯 쓴웃음을 지었다.

"하필이면 타마 같은 걸 사랑하다니."

이 몸에 깃든 연정. 오늘날까지 마스터는 언급하지 않았지만, 이미 다 내다보고 있던 것 같았다.

내 사랑의 편력, 흑역사는 모두 마스터에게 말했었다.

그러니까 다섯 번째 도전. 처음으로 제대로 된 사람을 사랑했지만 타마 씨에게는 이미 상대가 있었다. 그런 이루어질 수 없는 사랑을 한 것에, 드디어 잡은 제대로 된 사랑이 무너졌다는 사실에, 이렇게 안타까워하는 것이다.

"저런 남자와 이어지기라도 했다면 찬란한 미래를 망칠 뻔했어. 한심한 사람들끼리 이어진 덕분에 그럴 일은 없겠지만……. 그런 의미에서 쿠루미는 그 아이에게 구원받은 걸지도 모르겠네."

웃음을 참고 있는 얼굴은 그렇지 않다고 말하고 있었다.

저런 남자.

한심한 사람들끼리.

타마 씨에 대한 사랑은 제대로 된 기회도 뭣도 아니었다. 이번에도 역시 빗나갔다. 흑역사에 또 다른 한 페이지가 추가될 뻔했다는 뜻이었다.

"타마 씨가…… 한심해요?"

타마 씨와는 도저히 어울리지 않는 표현에 나는 그저 당혹스러웠다.

"……이건 좀 놀랐는데. 한심한 꼴을 그렇게나 보였는데 눈치채지 못했어?"

크게 뜬 마스터의 눈은 믿을 수 없다는 듯, 그야말로 외계인이라도 본 듯…… 아니, 마스터니까 분명 그 정도로 당황하진 않았겠지. 그러니까 마스터의 놀란 모습은 있을 수 없는 것을 본 표정이었다.

"계기가 그랬으니까 타마를 향한 사랑은 사고로 치부한다고 해도…… 스톡홀름 증후군도 이보다 더 심하진 않을걸."

턱에 손을 얹은 마스터가 내 얼굴을 빤히 들여다보았다.

"아무리 사랑은 맹목적이라지만 이렇게 심할 줄은 몰랐네."

"그, 그렇게 심해요?"

"난 틀림없이 나쁜 남자를 좋아하는 느낌으로 타마를 보고 있는 줄 알았거든. 성실함과는 다른 나쁜 점에 매력을 느끼는 거라고."

"나쁜 점……?"

가치관의 차이를 목격한 사람처럼 얼이 나갔다.

"타마는 나무랄 데 없을 정도로 한심한 어른이야. 말 그대로 쿠루미의 사랑 편력. 과거 흑역사 속 전원이 덤벼들어도 당해낼 수 없을 정도로 말이지."

세상의 진리를 깨우치라며 마스터가 말했다.

믿을 수 없는 비유를 듣고, 입을 열었지만 목소리는 나오지 않았다.

내 사랑의 편력, 흑역사. 모든 것을 더해도 타마 씨에게는 닿지 않는다.

하지만 반년이다. 일주일에 한 번이라고는 하지만 반년 가까이 나는 타마 씨를 봐왔다. 많은 대화를 주고받았다. 아무리 추억을 더듬어봐도 타마 씨에게 나쁜 점은 찾지 못했다. 거침없이 이야기해주는 모습은 남들과는 전혀 다른 매력마저 느끼게 해주었다.

마스터는 그런 타마 씨를 한심한 모습을 보여온 것이라고 표현했다.

사랑은 맹목적.

다섯 번째의 기회. 솔직히 처음으로 제대로 된 사랑을 얻었다고 생각했는데,

"타마는 그걸로 수천 명의 발목을 잡고 수백 명의 인생을 망가뜨렸어."

결국 지금까지와 다를 바 없었다.

"사람을 죽음으로 몰아넣고 꼴 좋다며 비웃는 남자란다."

편집적일 정도의 편애적인 시선은 진실을 진실 그대로 보지 못했다는 사실을 통보받았다.

제9화 계속 끝나지 않는 꿈을 꾸고 싶어

11월 하순.

요즘 시간의 흐름이 너무 빠르게 느껴진다.

그건 분명 하루하루가 너무 편하고 즐겁고 행복하기 때문이겠지. 뜨거운 물처럼 시간이 흘러넘칠지도 모른다. 빨리 밤이 왔으면 좋겠다며 불안해하던 후미노가에서의 나날과는 크게 달랐다.

올해도 얼마 남지 않았다. 이 기세라면 호러 하우스에서의 해넘이도 순식간에 지나가 버릴지도 모른다.

선배는 나에게 처음부터 선배였다. 사회적으로 보면 한심하다는 평을 듣는 사람이다. 하지만 나에게 있어서는 유일하게 마음을 열 수 있고 즐거움을 주는, 모든 것을 내 입맛에 맞춰주는 어른이다.

나의 불행. 그 균형을 맞추기 위해 세상이 안배해준 마음의 안식처. 그래서 이렇게 의존하게 되고 자연스럽게 몸을 의탁하게 되었다.

하지만 선배는 처음부터 그런 것처럼 퐁 하고 이 세계에서 솟아난 것은 아니다.

선배의 부모는 막장까진 아니라도 지독한 부모였다. 친부모 뽑기는 대폭망이었다며 코웃음을 쳤다. 그런 부모님

밑에서 자랐고, 그 끝에 어른이 되었다.

내가 알게 된 선배의 과거는 그것뿐. 선배가 나를 알아주었듯이 나도 선배를 알게 된 기분이었다.

어째서 선배가 이런 어른이 되었는지 완전히 아는 건 아니었다.

그것을 알게 된 것은 식후 배틀로얄 게임을 3연전하고 잠시 휴식을 취하던 중.

"으음……?"

선배가 갑자기 짧게 신음했다.

"오오, 진짜냐!"

경악이라기보단 경탄에 가까웠다.

내 위치에서는 컴퓨터 의자에 앉은 선배의 등밖에 보이지 않았다. 어떤 표정을 짓고 있는지는 몰라도 모니터 안으로 들어갈 기세로 보고 있었다. "오오"라든가 "호오" 등 감탄을 뱉으며 계속 신음성을 뱉고 있었다.

"무슨 일이에요?"

"여름에 교실에서 동급생을 찔러 죽인 일로 시끄러웠던 사건 기억나?"

"네, 그런 사건도 있었죠."

최근에는 간단한 대답은 의식하지 않고도 자연스럽게 입으로 답하게 되었다.

이 집의 TV는 기본적으로 자리만 차지하는 오브제였다.

예전에는 심야 애니메이션을 보기 위해 사용했다는 것 같지만, 지금은 인터넷 월정액 무제한의 시대. 애초에 TV를 좋아하지 않는다고 했던 만큼 지금은 콘센트마저 뽑혀 있었다.

뉴스 프로그램을 TV로 볼 기회는 없다. 그런 정보는 인터넷 기사나 SNS 실시간 트렌드에서 신경 쓰이는 제목이 있으면 클릭한다. 수동적이지 않고 능동적이었기 때문에 정보가 편중되어 있다는 자각은 있다.

그래도 선배가 말하는 사건에 대해서는 잘 아는 정도는 아니라도 개요 정도는 알고 있었다.

왕따 피해자가 가해자를 찔러서 살해. 학교 측이 왕따를 보고 못 본 척했다는 것까지 알려지며 SNS에서도 크게 화제가 되었던 사건이다.

"그 일이 있던 곳, 사실 내 모교거든."

"어……?"

"아무래도 이번 사건 때문에 교장이 목을 맨 것 같아. 죽은 장소가 소동을 일으킨 녀석의 교실이라니, 마치 그때의 재현 같네."

"재현?"

"우리 때도 우리 교실에서 교장이 목을 맸거든."

선배는 슬퍼하지도 한탄하지도 않고,

"아무리 시간이 지나도 그 학교는 불량품이 모이는 떨이

시장이라는 건가. 과거에서 아무것도 배우지 못하니까 이렇게 되는 거야."

그저 기분 좋다는 듯 깔깔거리고 있다.

마침 열려있던 SNS 실시간 트렌드에 이번 사건, 그 기사가 올라와 있었다. 열자마자 가장 먼저 눈에 띈 것은『8년 전의 재현』,『비극을 모방』이라는 단어.

8년 전. 역산하면 그 비극이라는 것은 선배가 고등학교 3학년 때에 일어난 일이 된다.

"선배 때도…… 이거랑 똑같은 사건이 있었어요?"

"아니, 조금 달라. 나 때는 반대로 그 녀석이…… 괴롭힘 당한 쪽이 목을 매달았어."

그리워하듯 선배는 죽은 자를 그 녀석이라고 지칭했다. 반 친구인 것을 넘어서서 그 관계, 고인과는 어느 정도 아는 사이였을까.

그걸 가늠하지 못해 목소리뿐만 아니라 키보드에 올려놓은 손도 어떤 말을 꺼내야 할지 알 수 없었다. 그래도 뜻을 굽히지 않고 고민하다가 입을 열었다.

"사이가…… 좋았나요?"

"아니, 전혀. 그저 같은 상자에 담기기만 했던 생판 남이야. 그런 사건이 일어나고 기억나는 건 반 친구가 자살했다는 놀라움과 일이 귀찮아졌다는 것에 대한 탄식뿐이었지."

선배가 내뱉은 숨소리는 건조한 웃음 같았다.

"그러던 게 '이런 망할 놈!'으로 바뀐 건 그 녀석의 유서가 발견된 후였지."

"……뭐라고 적혀 있었는데요?"

"그 녀석을 죽음으로 몰아넣은 녀석들의 소행과 내가 그걸 못 본 척했다는 것에 대한 규탄."

어깨 너머로 돌아선 선배의 옆모습은 곤란하다는 듯 쓴웃음을 짓고 있었다.

선배는 그렇게, 그 사건에서 무슨 일이 일었는지 말해주었다.

지나간 날, 추억담을 그리워하듯. 타인의 죽음, 비극을 다루는 것에 비해 어울리지 않는 경쾌한 말투였다.

전에 고등학교에서 여러 일이 있었다고 듣긴 했지만, 설마 이 정도의 일일 줄은 몰랐다. 이야기를 다음으로 미루며 그때 바로 하지 않았던 것에 수긍이 갈 정도로 무거운 이야기였다.

옛 악행을 무용담처럼 떠벌리는 것은 아니다. 선배는 자신이 한 일을 사회의 주민들이 어떻게 받아들이는지 올바른 형태로 이해하고 있다.

"무서워?"

그래서 이야기가 끝나고, 말도 손도 움직이지 못하고 멍하니 있는 나에게 선배가 물어왔다.

무서워? 그건 어떤 것을 말하는 걸까.

눈앞에서 괴롭힘당하던 동급생을 아무렇지 않게 못 본 척한 것에 대해서인가.

아니면 한 번 내몰리면 수단을 가리지 않고 철저하게 해 버리는 무자비함에 대해서인가.

……그 뒤에 벌어진 결과에 아무런 죄의식도 없이 이렇게 태연한 것에 대해서인가.

어느 쪽이든 내 대답은 정해져 있다.

『아뇨, 역시 선배예요. 인생에서 한 명 정도는 죽였을 수도 있겠다고 생각했지만, 설마 넷이나 처리했을 줄은 몰랐어요.』

레나팔트로서 손을 움직일 뿐이다.

『이런 등을 보며 배워온 걸 감안하면, '그럼 무적 인간이나 될까'라는 귀결이 되는 것도 당연하네요.』

"하하, 그것도 그러네."

마주한 우리는 동시에 웃음을 터뜨렸다.

『그렇게 현지에 있을 수 없게 된 선배는 거기서 도망친 건가요?』

"내 큰 뜻을 그 녀석한테 전했더니 울면서 기뻐하더라. 넌 이런 변방에 갇혀 있을 만한 인재가 아니다, 그러면서 도망 준비와 자금을 주더군."

그 녀석이라는 건 아빠를 가리키는 말이겠지.

세상의 시선을 무엇보다 중요시하는 사람이니 아마도

아들이 뒤에서 그런 짓을 한 것에 겁을 먹었을 것이다.

"그러다 1년 전, 갑자기 그 녀석한테 연락이 왔어."

『무슨 일이 있었나요?』

"과거의 일은 물에 흘려보내고 함께 지내지 않겠냐고 말이야."

『이제 와서요?』

"어디 어디의 누가 사고를 쳤다느니, 실패했다느니, 불행이 닥쳤다느니, 어두운 소문은 금방 퍼지는 촌구석의 공무원이었으니까. 자기 엄마 7주기에도 얼굴을 비치지 않는 아들은 구설에 오를 만한 절호의 안주지. 뒤에서 엄청나게 떠들고 있다는 모양이야."

『요점은 세상의 시선 때문에 다시 시작하고 싶다는 뜻이었네요.』

"그래, 세상에서 가장 소중한 걸 되찾고 싶다는 거지."

선배는 시시한 말을 뱉어내듯이 코웃음을 쳤다.

"뭐, 당연히 나는 '알 바 아냐, 멍청아!'라는 욕을 먹이고 그놈이 저자세로 나오든 말든 '시끄러워, 나가 죽어!' 하고 소리쳐줬지."

『뭐예요, 애들 싸움도 아니고!』

"어른의 대응 같은 건 해줄 가치도 없는 상대니까."

『막장 부모의 흔한 무기 중 하나인 '길러준 은혜도 모르고!'를 시전하진 않았나요?』

"물론 시전했지. 여유롭게 쳐냈지만."

『선배는 어떻게 받아쳤나요?』

"네놈 같은 빌어먹을 부모 밑에서 18년이나 아들 노릇을 해준 거에나 감사해!"

『선배, 완전 막 나가는 발언 아닌가요?』

"여긴 총알이 날아오지 않는 안전권이니까. 도덕을 어겼다는 제재만 없다면 무서울 건 없지."

씨익 하고 선배가 입꼬리를 올렸다.

"무엇보다 감사하는 마음이라는 건 자연스럽게 솟아나는 거야. 요구해서 받을 만한 게 아니라고. 그건 나를 눈여겨본 리더와 회사에서 날 빼준 상사 덕분에 배웠어."

『좋은 사람들이었군요.』

"태어나서 처음으로 인복이 있다고 생각했을 정도였지."

선배가 쑥스러운 듯이 말했다.

"그러니까 부모에게 은혜를 느낀다는 건 뽑기에 성공한 놈의 특권이야. 나는 실패했으니까. 폭심지가 된 감사의 샘은 예나 지금이나 메말라 있지."

선배는 탄식하듯 두 팔을 벌렸다.

사회의 규칙과 도덕성을 소중히 여기는 자라면 선배의 표현은 누구나 불쾌하게 여길 것이다. 그러고도 이 사회의 주민이냐고 규탄하겠지.

나에게 선배는 처음부터 이런 어른이었다.

아이에서 어른으로. 어떤 경험과 인생을 거쳐서 이렇게 성장했는가. 그 지난날의 이야기를 다시 한번 알게 되었다.

　애초부터 선배에게 부모와 자식 간의 정 따위는 없다. 연을 끊는다는 조건으로 돈을 받고 올라왔을 때 선배의 자식으로서의 인연은 완전히 끊어진 것이다. 빌어먹을 부모에게서의 해방, 족쇄가 풀렸다고 말할 수도 있을지도 모른다.

　다음에 알려주겠다고 했던 학창 시절 소동도 이렇게 알 수 있었다.

　선배의 인격 형성을 담당했던 어린 시절. 말할 수 있는 것이라면 얼추 다 말한 것일지도 모른다.

　하지만…… 이게 전부라고 생각하고 싶지는 않았다.

　『만약 어린 시절로 돌아갈 수 있다면, 선배는 어느 시절로 돌아가고 싶나요?』

　"그건 타임리프로 모든 걸 재패하는 걸 말하는 건가?"

　『가장 즐거웠던 시절을 말하는 거예요.』

　"음…… 글쎄~."

　과거를 거슬러 올라가며 선배는 신음했다. 말을 꺼내는 방식이 엉뚱했음에도 진지하게 생각해 주고 있다.

　내심 기대했다. 이 가슴의 답답함을 해소할 수 있을 만한 답이 기억을 파헤친 끝에 있을 거라고.

　하지만 10초, 20초. 시간이 흘러도 선배는 계속 신음하고 있다. 그것은 갑을을 논하기 어려운 추억으로 고민하는 것이 아니었다.

"특별히 없네."

떠올리지 못한 것이다.

『네? 아뇨. 선배는 저랑 달리 학교는 잘 다녔잖아요? 인기는 없었어도 같이 어울린 친구들과 함께 땀 흘린 추억 같은 건 없었나요?』

"그런 징그러운 추억은 없어."

『아픈 곳을 찔러서 죄송해요. 설마 선배가 외톨이었다니.』

"딱히 외톨이는 아니었는데? 학교에서는 반 친구들이랑도 잘 지냈어."

놀림이 섞인 지적에도 선배는 아무렇지도 않은 얼굴로 되받아쳤다.

"하지만 뭐, 방학이나 방과 후까지 학교의 누군가와 있던 적은…… 없었나? 특히 중학교에 올라간 뒤로는 인터넷에 푹 빠졌으니까."

『어라, 가미 씨는요?』

"가미는 친구라기보단 오래된 악연이야. 학교에서는 같이 있었지만, 그 외에는 전혀. 오히려 이쪽에서 다시 만난 이후로 교제가 더 깊어졌을 정도지."

『그럼 학창 시절에 진짜 절친은 없었나요?』

"뭐, 그렇게 부를 만한 녀석은 없었던 것 같네."

선배는 담백하게 인정했다. 자조하는 기색도 아니고, 오기를 부리는 것도 아니다.

생각해보니 그럴지도 모른다고 말한 것이다.

내 안에서 무겁게 소용돌이치던 상상이 확신으로 바뀌었다.

……아아, 역시.

선배는…… 행복을 모른 채로 어른이 된 사람이다.

학대나 가난에 시달리는 아이들과 비교하면 축복받은 가정에서 자랐다. 하지만 알맹이 없는 형태, 이기적이고 그릇된 관심만 한가득 받아 온 선배에게 가족애라는 꽃이 피는 일은 없었다. 가정에서의 행복이란 것을 결코 얻을 수 없었다.

그뿐만이 아니다.

존경할 수 있는 교사도,

믿을 수 있는 친구도,

사랑을 키울 수 있는 연인도,

인간관계 속에서만 생겨나는 마음. 그 행복을 단 한 번도 얻지 못하고 어른이 되어버렸다.

인생의 전환기도, 큰 좌절도, 눈을 가리고 싶은 실패도 없다. 심지어 나조차 가진, 돌아갈 수만 있다면 돌아가고 싶은 행복한 날들이, 단 한 번도 없었다.

미지근한 물에 들어가자마자 최선을 다하고 싶지 않다고 말한 선배. 하지만 그것은 노력하고 싶지 않은 것이 아니라, 열심히 할 정도의 목적을 인생에서 찾지 못한 것이다.

성실하게 살다 보면 보답받는다. 그것이 환상이라는 걸 알고 있으니까.

아무리 필사적으로 노력해도 사회에서 얻을 수 있는 양식 같은 건 이미 알고 있으니까.

그래서 선배는 사회가 보여주는 행복을 얻고 싶지도 않은 것이다.

행복해지는 것이 두려운 것도 아니다.

행복하지 못할 수도 있다는 것을 두려워하는 것도 아니다.

행복을 얻은 후에 그것을 잃을지도 모른다는 사실에 겁을 먹은 것도 아니다.

행복을 정보로만 알 뿐, 직접 얻은 적이 없으니까. 굳이 고생해서 얻을 필요 없다고, 경험이 없기 때문에 달관해 버린 것이다.

이것이 내 인생이라며 심취할 구석이라도 있다면 그나마 다행이었겠지만, 선배에게는 그것조차 없다. 미래에 대한 희망도 꿈도 없이, 당장에 편하고 즐거운 것으로 삶을 채우고 있다.

선배의 인간성은 내가 잘 알고 있는 그대로였다. 이면도 없고 어둠이라고 부를 만한 것도 없다. 남들과 비슷한 혜택을 받으면서도 행복을 얻을 기회가 없었을 뿐인 사람.

……가슴이 답답할 정도로, 그것이 슬펐다.

불쌍한 사람이라는 틀에 끼워 맞출 정도로 불행하지는 않다. 선배 같은 사람은 이 사회에서 드물지 않을지도 모른다. 본인조차 동정받을 만한 인생은 아니라고 생각하고 있을 것이다.

그래도 행복한 시절이 있었으면 했다.

행복을 나눌 상대가 있었으면 했다.

차라리 큰 좌절이라도 있었으면 그 상처를 보듬었을 텐데. 선배는 상처를 입을 여지조차 없었다.

열심히 해야 했던 이유는 있어도, 열심히 하고 싶은 이유가 한 번도 없었다.

이런 나라도 행복한 시간이었다고 부를 수 있는 것이 있었는데, 선배가 그걸 모른다는 것이 너무나도 슬펐다.

『선배가 살색과는 무관한 인생이라는 건 알고 있었지만, 설마 친구조차 없는 인간이었다니. 화면과 계속 마주해 온 청춘은 그야말로 무미건조한 나날이었네요』

"너 부메랑*이라는 말 아냐?"

『친구뿐만 아니라 사랑하는 자조차 얻지 못하고 인터넷의 악영향만 받아 온 어린 시절. 순진했던 그 마음은 어느새 뒤틀려 타인의 행복에 비뚤어지고 질투를 키워갔다. 그 끝에 리얼충 아싸의 불행을 기원하는 모습은 이미 사람으

---

*자신이 말한 비난이나 욕설이 그대로 자신에게 돌아오는 현상.

로서의 마음을 잃은 상태였다.』

이 손은 자연스럽게 평소처럼 움직이고 있었다.

『정말로 눈물 없이는 말할 수 없는 아싸 몬스터의 탄생 비화였네요. 눈물이 주룩주룩 흐를 만큼 슬퍼요.』

"다시 한번 물어보지. 넌 나를 뭐라고 생각하는 거야."

『크리스마스가 다가오면 반드시 주술사로 이직하는 사람.』

"크리스마스는 원래 가족들과 보내는 중요한 이벤트야. 일본에서는 그게 애인이랑 보내는 날. 그러지 못하는 녀석은 실패한 인생이라는 가치관마저 뿌리내린 지경이지. 그 본질을 잊기는커녕 알려고도 하지 않아. 악화가 양화를 구축한다는 게 바로 이 말이야. 올바른 문화를 후세에 남기는 것이 바른 사회의 본연의 자세다. 크리스마스를 착각한 어리석은 자들에게는 실패와 축복만이 있을지니!"

『실패와 축복?』

"성의 6시간 동안의 생명의 탄생."

『역시 크리스마스의 패배자. 백전백승.』

지금 움직이고 있는 것은 레나팔트의 손이지만, 그것을 움직이게 하는 것은 레나팔트의 생각이 아니다.

『솔직하게 파국을 바라지도 못하다니, 축복을 받아들이는 방법이 삐뚤어졌네요.』

어쨌든 레나팔트는 까불이다. 이런 소망을 직접 전하려고 해도 자신답지 않은 일에 손이 멈춰버리는 것이다.

『하지만 이번에는 축복은 바라지 않는 편이 좋아요.』

"왜?"

『올해의 선배는 승리자 쪽일 테니까.』

"뭐?"

어깨 너머로 고개를 돌리는 선배의 눈을 정면에서 바라보았다.

……응, 괜찮을 것 같아.

지금의 나라면 겁먹지 않고, 포기하지 않고 전할 수 있을 것 같았다.

『왜냐하면.』

오히려 어떤 얼굴을 할까 기대되기까지 했다.

그 감정을 더는 참지 않고,

"선배에겐 제가 있으니까요."

후미노 카에데로서 이 입이 움직여 준 것이다.

선배가 눈을 크게 떴다.

이 입에서 전해진 말, 그 뜻이 똑바로 전해진 것이다. 레나팔트의 손이 말한 것이 아니었기에 의도를 파악하기 어려울지도 모른다.

숨조차 쉬지 않고 우리는 서로를 바라보았다. 먼저 눈을 돌리는 사람이 질 것 같은 분위기였다.

평소였다면 내가 졌을 텐데, 오늘은 질 것 같지 않다.

"아…… 이런."

먼저 소리를 낸 것은 선배였다.

무거운 것은 아니었다. 하지만 말로 형용할 수 없는 이 공기에 소리를 내고 만 것 같았다. 부끄러움에 삼켜진 것인지 잘 익은 사과처럼 빨개져 가는 얼굴을 보여준다.

스스로 열이 나는 것을 느꼈는지 선배는 모니터로 고개를 돌렸다. 그 모습이 너무 고의적이라,

"후후."

이겼다는 만족감이 차올랐다.

나에게 선배는 특별한 사람이다. 내게 깃든 의존심을 진정한 애정이나 사랑으로 정의해 버릴 정도로.

이것은 편하고 즐거운 것만 주는 달콤함에서 태어난 마음. 이기적인 자기애나 다름없다.

입술을 맞추고 싶은 것도, 몸을 겹치고 싶은 것도, 맹목적일 만큼 연인 놀이에 빠져들어 돌이킬 수 없는 곳까지 의존하고 싶은 것뿐. 그것이 선배의 욕망을 충족시키는 것으로 이어진다면 양심의 가책을 느낄 필요도 없다. 서로의 바람을 이루기 위한 블록이 딱 맞아떨어진 것뿐이다.

하지만 지금은 그뿐만이 아니다.

나는 나의 행복을 위해서만이 아니라 선배의 행복을 바라고 있었다.

행복을 주고 싶다는 건방진 생각을 하지는 않는다.

욕망을 충족시키기 위한 것이 아니다. 사람과 사람 사이

에서만 피어나는 행복. 그것이 얼마나 멋진 것인지 알고 있으니까 선배도 한 번쯤은 알았으면 했다.

추락할 때는 함께 추락한다. 그런 삶을 선택하게 해놓고 노력을 강요하는 것은 아니다. 선배가 노력하고 싶은 이유가 되고 싶었다.

그래서 일단 형태부터 시작해보고 싶다는 생각이 들었다. 거기서 알맹이가 태어나게 하면 그만이다.

『선배.』

작은 실수 하나로도 맥없이 무너져 내릴 정도로 불안정한 지대. 그런 길을 가고 있으니 밝은 미래란 분명 없을 것이다. 내디디고 있는 것은 언제라도 불확실한 내일뿐. 이 꿈이 언제 부서질지는 알 수 없다.

그런데도 나는 다시 한번 바랐던 것이다.

이 사람 곁에서 언제까지나,

『올해 크리스마스는 기대되네요.』

"……그러, 게."

계속 끝나지 않는 꿈을 꾸고 싶다고.

제10화 맹목성 편집광의 사랑⑤

반년이나 계속된 사랑은, 마음을 알리지도 못한 채 끝을 맞이했다.

추락할 때는 함께 추락한다.

그런 말을 직접적으로 꺼낼 만한 상대가 타마 씨에게는 있었다.

나의 사랑은 처음부터 이루어지지 않는 것. 그것을 알고 마음이 꺾여 포기해 버린 것이다. 그렇다고 해서 끝났으니 바로 다음 사랑, 하고 마음이 바뀌는 것도 아니다.

반년 가까이 사랑해 왔다. 타마 씨는 완전히 접고 새로운 사랑을 찾겠다는 기분은 들지 않았다. 시험용 남자친구라면 금방 만들 수 있겠지만 당분간은 그럴 마음이 들지 않을 것 같았다.

끝나버린 이 사랑.

타마 씨의 얼굴을 떠올리며 매일 밤 베개를 적시는 날들……까지는 아니지만, 괴로워하는 마음 정도는 품고 있었다.

『사람을 죽음으로 몰아넣고 꼴 좋다며 비웃는 남자란다.』

그날 마스터가 알려준 타마 씨의 인간성.

과거에 무슨 일이 있었는지까지는 알려주지 않았다. 하

지만 포기하게 만들기 위한 거짓말이 아니라 정말 존재하는 진실이라는 것은 느낄 수 있었다.

비판, 규탄이 두려워 누구나 가슴에 품고 있는 인간의 본심. 사회의 규칙과 도덕성을 소중히 여기는 자라면 불쾌해질 만한 말을 타마 씨는 언제든지 거리낌 없이 말해주었다.

인간의 본심, 본성을 마주하지 않고는 문제의 본질에 도달할 수 없다. 다들 외면한 채 그럴싸한 말로 꾸며대는 장식을 벗겨내 재미있게 이야기해주었다.

나에게 그런 이야기들은 모두 신선하고 재미있기도 하고 흥미로웠다. 어느새 그것을 더 듣고 싶게 되었고, 빠져들기까지 했다.

하지만 넌 그저 취해 있었을 뿐이라고, 마스터에게 일격을 받은 것이다.

타마 씨는 제대로 된 어른이 아니다.

나무랄 데 없을 정도로 한심한 사내.

사랑의 편력, 흑역사를 다 묶어도 당해낼 수 없을 정도의 인간이라고.

아직도 실감은 나지 않았다.

하지만 마스터가 들이민 현실 또한 무시할 수 없었다.

그래서 타마 씨에 대한 호의는 예전과 다름없음에도 베개를 적시는 것이 아니라 괴로워하고만 있는 것이다.

마스터의 가게에는 그 이후로 다니지 않았다.

여느 때 같으면 모미지에게 하소연했을 상황이지만, 그 녀에겐 카에데 건도 있다. 나의 사랑 이야기보다 훨씬 더 울고 싶은 무거운 일을 안고 있다.

모미지를 따라 하듯 나 또한 씩씩하게 행동했다.

모미지와는 일주일에 한 번씩은 꼭 밥을 같이 먹고, 주변에 있던 소소한 이야기만을 나누면서 가볍게 지냈다.

대학 생활도 여전했다. 요즘은 크리스마스를 앞둔 것도 있어서 성야의 보상을 요구받거나 유혹받는 나날이었다. 그것을 모두 물리치면서도 대학에서 쌓은 교우 관계가 가져온 크리스마스 파티 권유에는 응했다.

반짝반짝 빛나는 대학 캠퍼스 라이프. 그 청춘을 즐기는 것 이상으로 마음을 달래줄 만한 이벤트가 필요했기 때문이었다. 어쨌든 그날 21시부터 다음 날 3시까지 마음을 포기하지 못하는 남성들이 성야를 즐기는 것이다. 혼자 방에 있었다면 이번에야말로 울음을 터뜨릴지도 모른다.

당일 크리스마스는 아무 생각 없이 즐기면서 무사히 넘길 수 있었다.

해야 할 말은 많지 않다. 행사장을 장식하기 위해 불려온, 그저 즐겁기만 한 파티였다.

눈을 뜨면 그곳은 모르는 방, 태초 그대로의 차림으로 옆에는 모르는 남자가 잠들어 있다. 기억을 잃은 나는 대체 무슨 짓을 한 걸까……라는 일은 없었다.

내 방 침대에서 혼자 눈을 떴다. 택시로 돌아온 기억은 남아 있다. 조금 과음을 해서 숙취가 있긴 했지만, 대학생으로서는 건전한 부류였다.

마른 몸에 수분을 보충하고 샤워를 하고 겨우 한숨 돌린 시점에 스마트폰을 집어 들었다.

모미지에게 메시지가 네 건 도착해 있었다.

어젯밤에 도착한 것이다. 매너모드로 해둬서 알아차리지 못했다.

착신 이력도 없으니 큰 용건은 아니겠지 생각했더니,

"거짓말⋯⋯!"

아무도 없는 방에서 소리치고 말았다.

거기에 적혀 있던 한 문장은 그만한 위력을 발휘했다.

『카에데를 찾았어.』

반년 넘게 실종 상태였던 카에데를 마침내 발견했다는 것이다.

어떤 흔적도 찾지 못했고 행선지의 힌트가 될 만한 것도 남기지 않았다. 안위를 걱정하기 이전에 목숨을 걱정해야 할 수준이었다.

그런 카에데가 드디어 발견되었다.

안도의 한숨은 나오지 않았다. 그 뒤에 내용이 이어졌기 때문이다.

『남자와 걷고 있었어.』

『카에데가.』

『나를 보고 도망갔어.』

목소리가 그대로 사라졌다.

살아 있는 것만으로도 기쁘긴 했지만, 남자와 걷고 있었다는 한 문장은 가슴을 도려내기에 충분할 정도의 현실이었다.

알고는 있었다.

카에데 같은 아이가 가출한 곳에서 어떻게 지낼 곳을 마련할 수 있을까. 어떻게 유지할 수 있었을까. ……무엇을 대가로 내밀었을까.

모미지를 닮은 여동생이다. 누구나 기꺼이 대가를 요구하며 그 손을 내밀어줬을 것이다.

사교성이 괴멸적인 여자아이가 언니에게 도움을 청하지 않고 그런 수단을 써서 다른 도망갈 길을 찾은 것이다.

한 남자 집에 머무는 건지, 혹은 떠돌아다니는 건지는 알 수 없었다.

문제는 모미지 얼굴을 보고 도망쳤다는 것. 집으로 돌아가기보다 지금의 생활을 본인이 원하고 있었다는 것이다.

그것이 모미지에게 얼마나 큰 충격을 주었을까.

『그러니까 친구가 해야 할 걱정은 살았는지 죽었는지, 멀쩡한지 더럽혀졌는지 따위가 아니야.』

문득 과거 마스터의 말이 떠올랐다.

『어쨌든 친구는 괴로운 일을 겪게 될 거야.』

바로 그 걱정이 현실이 된 것이다.

곧장 모미지에게 전화를 걸었지만, 연결이 되지 않았다. 예전처럼 문도 잠그지 않고 그대로 집을 뛰쳐나갔다.

계단을 뛰어올라 바로 위의 집 초인종을 울려봤지만, 반응이 없다. 열쇠는 예전과 달리 단단히 잠겨 있었다.

계단을 한 번 더 왕복하고 난 뒤 열쇠를 찔러 넣고 휙 잠금을 풀었다. 이런 일이 있을까 싶어서 모미지에게 무슨 일이 생길 때를 대비해 집 열쇠를 보관해두고 있었다.

신발을 정리하는 매너는 지키지 않았다. 마구 벗어던지며 거실로 뛰어 들어갔다가, 일단은 가슴을 쓸어내렸다.

소파 위에서 모미지가 잠들어 있었다.

돌아온 뒤 갈아입지 않고 그대로 잠든 것인지 코트만 바닥에 던져져 있었다.

카에데를 발견했고, 남자와 걷고 있었고, 그대로 도망갔다.

그 슬픔으로 인해 아무것도 손에 잡히지 않았다. 아니, 책상 위나 주위에 나뒹굴고 있는 것이 그렇지 않다는 것을 알려주고 있었다.

몇 개의 연필이나 지우개, 연필깎이와 커터칼. 그 밖에 나로서는 정식 명칭을 알 수 없는 잡다한 도구들.

자신에게 엄격한 모미지도 취미 생활 없이 공부만 하는

성격은 아니었다.

연필화. 옛날부터 그것을 취미로 삼아 왔기에 솜씨는 상당했다. 그야말로 중, 고교 시절에는 인기인인 모미지가 그림을 그려주는 것이 하나의 자격이 될 정도였다.

본인이 말하길 어릴 적 꿈은 화가였다고 한다. 하지만 아빠의 등을 보고 어린아이 마음으로도 허락받을 수 없다는 것은 알고 있었던 모양이다. 시간도 유한. 도구의 준비나 뒷정리를 생각했을 때 가장 부담 없이 그릴 수 있는 연필화가 제일 적성에 맞았다고 했다.

어젯밤 받은 충격의 현실 도피로 무슨 그림이라도 그린 것일까.

그런 일은 있을 수 없다. 모미지의 성격은 잘 알고 있다.

왜 그림을 그렸는가, 그 대답은 눈앞에 놓여 있었다.

테이블에 펼쳐져 있는 스케치북. 밤을 새워 그려냈을 모미지의 작품들이 그곳에 펼쳐진 채로 남아 있다.

바닥에 널브러진 찢어진 종이나, 연필 찌꺼기를 짓밟은 것도 개의치 않고 나는 그것을 들여다보았다.

"거짓말……."

오늘 두 번째로 내뱉은 말. 이번에는 소리치는 일 없이 동그랗게 뜬 눈에서 흘러나오듯 불쑥 새 나왔다.

다섯 번째야말로 나는 사회의 규칙과 도덕성, 어느 쪽에도 어긋나지 않는 제대로 된 사랑을 얻었다고 믿어왔다.

하지만 그것은 아니라고 부정당했다.

이번 사랑은 과거 흑역사가 한꺼번에 덤벼도 당해낼 수 없는 것. 사랑이 결실을 보지 않아서 다행이라는 말까지 들었다.

나무랄 데 없을 만큼 한심한 남자.

"타마, 씨?"

사랑은 맹목적.

그런 나의 눈에도 비치는 확실한 형태가, 그 현실에 그려져 있었다.

후기

자택 경비원은 오늘도 이어지고 있습니다. 후타가미 케이입니다.

뜬금없이 웹판 이야기로 넘어가지만, 2022년 1월에 무사히 완결했습니다. 만족스러운 마지막을 써 내려갈 수 있었습니다. 거기서 구성을 재검토해 서적으로 세상에 내보낼 기회를 주신 마이크로 매거진사 님. 다시 한번 여기서 감사의 말씀을 드립니다.

담당 편집자님. 지난번에 이어서 원고 제출 기한을 어겨서 대단히 폐를 끼쳤습니다. 웹판의 완결을 우선해주신 덕분에 납득할 만한 이야기를 충분히 써낼 수 있었습니다. 정말 감사했습니다.

일러스트레이터 휴가 아즈리 님. 졸작을 위해 그려주신 그림이 늘 동기부여를 높이는 힘이 되고 있습니다. 최고의 일러스트 감사합니다.

그리고 독자 여러분. 이렇게 작품을 읽어주셔서 정말 감사합니다. 다음 권에서 또 이렇게 인사드릴 수 있기를 간절히 바랍니다.

계속해서 자택 경비원을 잘 부탁드립니다.

선배, 자택 경비원은 필요 없으신가요? 2

2023년 08월 15일 1판 1쇄 발행

저　　자 후타가미 케이
일러스트 휴가 아즈리
옮 긴 이 이소정
발 행 인 유재옥
본 부 장 조병권
편 집 1 팀 박광윤
편 집 2 팀 박치우 정영길 정지원 조찬희
편 집 3 팀 오준영 이소의 이해빈
편 집 4 팀 박소영 전태영
라이츠담당 김정미 맹미영 이윤서
디 지 털 김지연 박상섭 윤희진
미　　술 김보라 박민솔
발 행 처 ㈜소미미디어
인쇄제작처 ㈜코리아피엔피
등　　록 제2015-000008호
주　　소 서울시 마포구 토정로222, 403호 (신수동, 한국출판콘텐츠센터)
판　　매 ㈜소미미디어
마 케 팅 박수진 최원석 최정연
영　　업 박종욱
물　　류 백철기 허석용
전　　화 (02)567-3388, Fax (02)322-7665

ISBN 979-11-384-8044-4 04830
ISBN 979-11-384-7971-4 (세트)